3

盛唐三部曲

黃易

天地明環

・結束篇

【卷二十二】

第一章　返京之日

立冬前五天，龍鷹返抵西京。

鄭居中和十多個竹花幫兄弟送他回來，又在艙房正面掛上上書「安樂公主大婚募捐團」字樣的橫額，昂然進入西京。

關防仍然嚴密，可是見來的是名震西京的范輕舟，沒人敢留難，何況龍鷹表明是為安樂到大江籌款。

宇文朔親到碼頭迎接。

鄭居中等不敢久留，原船離開。

龍鷹騎上宇文朔帶來的駿馬，兩人並肩離開碼頭區。

宇文朔瞧一眼他揹著的重甸甸包袱，微笑道：「如非你懂人馬如一之術，馬兒肯定負不起這樣的重量。」

龍鷹道：「怎會收到我回來的風聲？」

宇文朔道：「高大的通訊網愈趨成熟，你又是大張旗鼓，甫入潼關，立被覺察。」

接著壓低聲音道：「成功了嗎？」

龍鷹淡淡道：「我們不但幹掉練元，還殲滅了北幫最精銳的五百人，燒掉對方三十多艘戰船，將關外的北幫勢力，打個七零八落。」

又道：「還以為你收到這方面的風聲，怕老田在碼頭等著小弟算帳，特來接我。」

宇文朔仍在咋舌，道：「怎辦到的？在西京一點覺察不到外面天翻地覆的變化，不過八天前，北幫確有個十多艘船組成的船隊，出潼關往東去了。」

龍鷹道：「遲些才奉告詳情，現在我必須到公主府去，好卸下這沉重的包袱。」

宇文朔道：「那我們立即到公主府去。」

兩人出西市，過橋，沿漕渠南岸往東行。

龍鷹問道：「近期有何大事？」

宇文朔神色一黯，道：「燕欽融被韋氏族人活生生用棍毆斃。」

龍鷹失聲道：「怎可能的？」

宇文朔歎道：「長公主經過深思熟慮，燕欽融以另一戶籍身份坐客船到長安，她則親到碼頭接船，預備接到人後立即入宮見皇上。豈知，燕欽融未到碼頭，給城衛騙落船，接著五花大綁的送往大明宮。」

龍鷹愕然道：「大明宮？」

宇文朔道：「對！正是大明宮。當時娘娘在皇上身邊，燕欽融給韋族的人押進去，皇上壓根兒不清楚眼前何人。娘娘問了皇上一句話，就是『皇上相信這個人還是本宮』，皇上當然說信娘娘，娘娘這便命族人拖燕欽融到宮外去，活活打死。結果你猜得到，一如過往，就是不了了之。」

龍鷹欲語無言。

宇文朔道：「壞消息外還有個好消息。」

龍鷹望向他。

宇文朔道：「大唐與吐蕃的親事談成了。」

龍鷹喜出望外，道：「這麼快，他們來了還不到一個月。」

宇文朔道：「全賴臨淄王居中斡旋，范爺該明白『有錢使得鬼推磨』的道理。」

龍鷹欣然道：「想不到呵！臨淄王現時情況如何？」

宇文朔道：「他現時乃西京最吃得開的人，八面玲瓏，疏財仗義，故廣受歡迎。皇上現在很看得起他，在高大提議下，臨淄王當上廷事丞之職。」

接著降低聲音道：「他現在和安樂的關係非常融洽，娘娘和老宗看在他與吐蕃人談成了最大賄賂份上，認定他是趨炎附勢之徒，沒干涉他任官的事。」

龍鷹仍有點難以置信，問道：「和親的條件真的談妥了？」

宇文朔點頭應是。

龍鷹不解道：「林壯是武官，不懂這一套。」

宇文朔道：「談親事的是吐蕃來的大臣悉薰，他比林壯早三天抵京師。」

龍鷹暗叫慚愧，如給悉薰曉得林壯一路花天酒地，不知有何感想。問道：「諸位公主不是都已嫁人了嗎？」

宇文朔道：「這方面早有先例，例如北周時的千金公主，今次選的是嗣庸王之女，被封為金城公主。在悉薰的安排下，林壯和他的兄弟變為正式的迎婚團，來迎接金城公主返吐蕃去，喜宴後天在內苑舉行，接著金城公主便起程到吐蕃去。」

龍鷹放下心頭千斤重擔，道：「這是個神蹟。」

宇文朔道：「確切的情況，惟臨淄王可答你。」

又道：「沒了太少，很不習慣。」

龍鷹乏言以應，因有同樣的感覺，以往雖有因分頭行事各處一方，但符小子一直位處行動的中心，現在則從核心的位置移離。

宇文朔道：「我同意高大的看法，太醫大人留在這裡須冒很大的風險，還要照顧小敏兒。」

兩人在東市前右轉，望曲江池馳去。

龍鷹道：「吐蕃團居於何處？」

宇文朔答道：「興慶宮！」

龍鷹訝道：「這麼巧？」

宇文朔道：「沒一件事是巧合的，出於高大的安排，好方便臨淄王與他們私下聯繫。」

兩人交換個眼神，看到對方心內的想法。高力士的作用愈來愈大。

龍鷹問出最不想問的問題，道：「京城近況如何？」

宇文朔頹然道：「京師像個不斷腐爛的果子，大致仍是那個模樣，裡面卻愈來愈不堪。」

龍鷹解下背上包袱，將三百多斤重的金錠放在大圓桌正中的位置，解開，立告滿堂金光、燦爛奪目。

坐在一邊的安樂一臉驚喜的站起來，嬌呼一聲，直嚷道：「范大哥！你真的辦到了，裹兒感激范大哥呵！」

龍鷹沒依禮隨她起立，雙手抱胸，好整以暇的道：「現在還差多少？」

安樂仍然一臉難相信眼所見情景的神色，目光沒法移離堆積如小山、黃澄澄、光閃閃的金山子，問道：「這處是多少兩？」

龍鷹答道：「整整五千兩，不少半個子兒，因有你的范大哥墊底。」

安樂的目光往他投來，歡欣如狂的道：「差不多哩！很快便湊足數。」

龍鷹看著安樂一雙美目射出貪婪之色，還伸出玉手拿起金錠子送到眼下檢看，故作驚訝的道：「其他的一萬兩，竟已有著落？」

安樂放下金錠子，目光朝他投過來，喜孜孜的道：「因裹兒找了個像范大哥般能幹的人，代大哥在西京籌金，他幹得有聲有色，再加上這五千兩，現在只差約一千兩。」

龍鷹喜道：「此人是誰？」

安樂樂翻了心兒的道：「是臨淄王李隆基呵！大哥聽過他嗎？」

龍鷹問道：「公主了得，知人善任。」

安樂道：「在皇族裡，他對人家一直照顧有加。」

龍鷹心忖果如所料，安樂一字不提李隆基是由獨孤倩然推薦，放下件心事，長身而起，道：「我剛下船便到這裡來，尚未入宮謁見皇上。現在要走哩！宇文劍士仍在外廳等我。」

策騎離開公主府，不知多麼輕鬆寫意，卸下沉重的包袱，也是擺脫了籌募人的身份，亦頗有「財散人安樂」之感。

說來諷刺，安樂的大婚既是篡位奪權的陰謀，他和李隆基卻為大婚籌款，這筆糊塗帳不知該怎樣去算。

相隨心變，安樂對他再沒任何吸引力，他看到的，是她醜惡的一面，她那種所有人都該向她奉獻的貪婪和理所當然，在在顯示她走上了乃母韋后的老路，變成貪得無厭。

宇文朔道：「是入宮的時候哩！」

龍鷹現在最不想見的，該數李顯，一來不知說甚麼好，更主要是對他未來命運的不忍，偏又沒法、也不可以改變，由此生出逃避的心態。

最想見者，李隆基是也，通過他方可掌握西京的最新形勢。

落後於形勢，可以是致命的。

幸好不論李隆基，又或吐蕃和親團，均集於興慶宮，見面穩妥方便。

道：「好，我們入宮去！」

又問道：「你們和相王關係如何？」

宇文朔道：「我們依高大的提議，與相王、長公主和楊清仁保持冷淡，高大說如此方可顯出臨淄王的作用，即使是乾舜，與相王較多接觸，但一直保持距離。」

龍鷹不解道：「這和臨淄王有何關係？」

宇文朔解釋道：「關鍵在你范爺，只要臨淄王與你交好，我們立即改變態度，讓相王曉得他這個兒子，非像他所想的那麼沒用，而是充滿江湖豪氣，廣交朋友，得大批人物的擁戴和支持。」

龍鷹心呼厲害，如此簡單可行、能助李隆基威勢聲望的方法，偏自己沒想過，高力士卻信手拈來。

高力士愈來愈光芒綻射，其綿裡藏針的作風，直追胖公公，也大幅減輕他龍鷹背負的重擔子，頓然輕鬆不少，心神不由轉到飛馬牧場那無比動人的洞房花燭夜。

到牧場後，他一直見不著商月令，由老傢伙們招呼，接觸到的是老傢伙們的另一面，視他為親人，又對他顯出發自真心的景仰和親切。

是夜，舉行了簡單卻又隆重的秘密婚禮。

急遽的馬蹄聲，驚破了他如夢般曼妙的深刻回憶。

宇文朔回頭一瞥，道：「老宗來尋你晦氣。」

夜來深在後揚聲道：「范兄留步！」

龍鷹勒馬，向宇文朔道：「宇文兄先返宮去，小弟接著來。」

大相府。

偏廳。

出奇地，宗楚客不但沒半點不悅神色，還滿面笑容，和顏悅色的問道：「輕舟甫下船立即到安樂的公主府去，此行該收穫甚豐？」

龍鷹心忖你要玩把戲，小弟奉陪到底，恭敬的道：「總算有個交代，為公主籌得五千兩黃金。據公主說，現時只差千兩之數，因她所託得人，有臨淄王為他籌得餘款。」

他故意提起李隆基，看宗楚客的反應。

宗楚客聽到臨淄王之名，表面沒異樣，龍鷹卻掌握到他內心一陣波動。

此乃必然的事。

於宗楚客而言，從現在到公主大婚，西京愈少波動變化愈好，而李隆基恰是這麼的一個變動，如注入西京這灘渾水的一股水流。尤有甚者，李隆基正是九野望心裡那個令攻打興慶宮失敗的疑人。九野望、拔沙缽雄的刺殺失敗，進一步肯定了李隆基有高手護駕。

宗楚客對李隆基沒猜忌，反不正常。

宗楚客稱賞他幾句後，道：「輕舟返揚州後，竹花幫立即大舉北上，究竟是怎麼一回事？」

龍鷹明白過來，現時宗楚客能對付自己的方法所餘無幾，卻有一道撒手鐧，就是將陸石夫撤職，如此立可壓制以大江為基地的竹花幫和江舟隆。

想收回承諾，須先證明「范輕舟」違諾，但絕不容易辦到。因事實上竹花幫的船隊中途折返，沒與北幫交鋒，卻在無聲無息裡，練元和五百北幫精銳已灰飛煙滅。整個情況，於北幫若如陷身沒法醒過來的噩夢，事後亦要糊裡糊塗，沒人弄得清楚事情的始末。

交到田上淵手上的報告，包保田上淵讀個一頭霧水，忽然練元號領著俘虜的敵船和飛輪戰船到來，以火器狂攻，接著又消失個無影無蹤，自此練元和大批精銳不知去向，如人間蒸發。

龍鷹歎道：「幸好我去得及時，截著竹花幫的船隊，向桂有為解釋了最新的情況，費盡唇舌，終說服竹花幫的船隊回航。」

宗楚客問道：「桂有為忽然大動干戈，究為何事？」

龍鷹道：「還不是為黃河幫，陶顯揚親赴揚州求他援手，桂有為也很為難。現在好哩，桂幫主答應我再不干涉北幫的事，河水不犯井水。」

宗楚客差些兒無以為繼，不得不來個開門見山，道：「可是，北幫的確在汴州遇襲，傷亡頗重。」

龍鷹心忖不是傷亡頗重，而是致命的打擊，當然不揭破，愕然道：「在北方大河流域，只有北幫去攻人，何人敢去襲擊他們？大相在開玩笑嗎？」

宗楚客著著給他封死，苦惱的道：「我何來閒情開玩笑？唉！至於真正的情況，我亦知之不詳。」

龍鷹沒好氣道：「田幫主是否懷疑是我幹的？」

宗楚客坦言道：「那是否你幹的？辦得到的人，數不出幾個。嚴格來說，就我們所知，惟輕舟有此本領。」

龍鷹誠懇的道：「大相想想，即使我有這個心，亦沒這個力。離京師時，我對北方水道、北幫勢力分佈的形勢一無所知，想找條船來放火，亦不曉得往何處尋覓。返揚州後，籌款籌得天昏地暗，最後還須解囊，湊夠五千兩，何來閒情去惹北幫，捧起石頭砸自己的腳？」

宗楚客沉聲道：「輕舟認為是誰幹的？」

龍鷹道：「與大江聯絕脫不掉關係。」

見他眉頭大皺，道：「事情這麼巧，我這邊離京，北幫那邊遇襲，擺明是嫁禍之計，挑起小弟和田幫主間的不和，大相須勸田當家萬勿中奸人之計。」

宗楚客歎道：「對大江聯，我們不知下過多少工夫，始終看不到他們的影子，這是不可能的，但他們偏辦得到。有時我會懷疑，大江聯是否早不存在。」

就在此時，龍鷹腦海泛起无瑕的倩影，迅又消失。

我的娘！

无瑕理該在附近某處偷聽他們說話。對大相府，她已摸通摸透，故能來去自如。

龍鷹訝道：「可是！田當家不久前說過，在西京伏擊我者，是大江聯的人。」

宗楚客差點語塞，亦知「范輕舟」如此矢口否認，拿他沒法。道：「純是一個感歎，輕舟不用放在心上。」

龍鷹曉得他再沒甚麼好說的，告辭離開。

第二章　力士心聲

離大相府後，龍鷹策馬飛馳，逢馬過馬、逢車過車的，幾盞熱茶的工夫，抵達朱雀大門。

隔遠便瞧到高力士和把門的兵頭在說話，立即勒馬緩騎。

站在一眾門衛旁，特高的高力士，如鶴立雞群，非常易辨。

龍鷹跳下馬來，高力士迎上前，先著人為他牽引馬兒，然後挽著他走過門道，登上停在門內的馬車。

馬車開出。

高力士道：「沒想過范爺這麼快回京，想必諸事順遂。」

龍鷹透窗瞧著映入眼簾內皇城的壯麗景色，淡淡道：「幹掉練元哩！」

任高力士如何精明，仍大感錯愕，一時掌握不到練元完蛋的涵義。

龍鷹往他瞧去，輕鬆的道：「關外的北幫，於兩天之內，給我們贏個傾家蕩產，我們之後再由黃河幫向他們討債。」

高力士一震道：「范爺、經爺厲害！」

又皺眉道：「那大相截著范爺去見他，豈非……豈非……」

龍鷹讚道：「高大的腦筋轉得很快。然而技術在乎我們如何贏得此仗，來無蹤，去無跡，被襲者無一人能活著回去告訴別人事情的真相，北幫輸個一塌糊塗，故我能將責任全推在大江聯身上。」

接著道：「高大出門來接我，是否有特別的事？」

高力士道：「范爺英明。唉！想到不知何年何月，可再得經爺耳提面命，小子便心生悵惘。」

龍鷹笑道：「你愛給他罵？」

高力士頷首道：「非常喜歡，令小子如沐春風，又回味無窮。」

龍鷹道：「是緣也是份，高大和經爺乃絕配。」

又道：「你的新主子如何？他曉得我回來了嗎？」

高力士道：「有關范爺的消息，小子第一個通知臨淄王，由他拿主意，亦是他安排朔爺去碼頭接船。」

龍鷹暗讚高力士了得。

高力士現時做的，正是龍鷹想做的事，就是將李隆基攏往皇位爭奪戰的核心位置。長期無所事事、莫有作為的日子，箇中辛酸實難為外人道，特別像李隆基這類少懷大志的皇室人物。時移世易，李隆基終捱到奮身而起之時，而高力士能體察上情，讓李隆基重新將命運掌握在手裡，大展拳腳，這種對李隆基的了解和明白，當中包含多少宮廷智慧。

龍鷹最關心的，正是李隆基，問道：「聽說臨淄王被委以廷事丞的新職，究竟是怎麼一回事？」

高力士解釋道：「所謂『廷事丞』，屬皇上的近衛系統，半文半武，專責代皇上聯繫飛騎御衛、右羽林軍、左羽林軍和城衛四大軍系，與四系頭子定期開會，遇有系內人事變動，由廷事丞報上皇上批核。此位可以甚麼事都不做，也可以事事過問，看如何拿捏，但因直接向皇上負責，故位低權重。」

龍鷹歎道：「如此一個油水位，怎可能落在臨淄王身上？」

高力士道：「此位懸空多時，上任因跟隨李多祚被誅，娘娘一直想用她的族人，皇上則因拿不定主意一直在拖，到燕欽融被韋族的人亂棍打死，小子趁機向皇上提議用臨淄王任此職，皇上第二天便批出諭令。」

龍鷹讚道：「高大真懂體察上情，娘娘有何反應？」

高力士壓低聲音道：「娘娘以為臨淄王是她的人。」

龍鷹難以置信的道：「怎可能呢？」

高力士道：「說到底，仍是范爺高瞻遠矚，安排臨淄王負責為安樂的大婚籌款。須知不論相王或長公主，均對安樂於武崇訓屍骨未寒之時，舉行勞民傷財的鋪張婚典非常反感，多次在皇上面前數娘娘和安樂母女的不是，整個皇族均持對大婚不以為然的態度，包括幾位公主，而臨淄王竟敢冒天下之大不韙，不顧其王父和長公主的反對，兩脅插刀的為大婚募捐，令娘娘對他另眼相看，認為他識時務。更何況臨淄王一直與娘娘和安樂關係良好，加上小子為臨淄王適可而止的說好話，娘娘自然視臨淄王為皇族裡的異類。」

龍鷹不解道：「但怎騙得過宗楚客？」

高力士道：「大相怎麼想，沒人曉得。不過廷事丞屬宮廷內務，惟娘娘有權過問，她沒反對，其他人沒說話的資格。」

又道：「小子猜大相是啞子吃黃連，壓根兒不敢告訴娘娘曾著人扮兩大老妖行刺臨淄王，現在剩清楚臨淄王的親衛武功高強，仍摸不清臨淄王的底子。」

龍鷹順口問道：「燕欽融的遇害，對皇上有何影響？」

高力士沉聲道：「今趟皇上的反應異乎往常，一方面愧對長公主，另一方面整個人變得陰沉了，多次問小子范爺何時回來，卻沒多說其他話。」

龍鷹吁一口氣道：「他察覺到自身的危險。」

高力士道：「他該視范爺為另一個武三思。」

龍鷹立告頭皮發麻。

皇帝確不易為。想當年女帝，想找個可將心內的愛，貫注其身的人何等困難，連女兒太平亦是女帝猜疑的人。李顯的情況略有不同，是沒法找到可全心信賴的，至少在宮內找不到，只好寄託在他這外人身上。

太少不在宮，倍添李顯不安全的感覺。

高力士分析道：「皇上是罕有怯懦荏弱的人，亟需一個堅強、可為他作主者支撐他，最初是聖神皇帝，接著是韋后，回朝後是武三思。沒有武三思，聖神皇帝儘管病重，皇上絕不敢造反。現在武三思已去，皇上又發覺娘娘和宗楚客對他存心不良，范爺遂成皇上最需要倚賴的強人，如我們能好好利用，進可以為臨淄王造勢，退亦可穩守目前的地盤。只有倚仗皇上，我們才能營造出與韋宗集團分庭抗禮的強勢。范爺明鑒。」

龍鷹的頭皮二度發麻，終明白高力士等著他說話的緣由。

高力士確是另一個胖公公，一切從實際和功利出發，不問六親，只求成功。他一字不提李顯的生死，剩著眼於如何利用李顯性格上的弱點，向李隆基提供最大的效益。感覺有點像讓李隆基踏著李顯的屍身，登上皇座。

這種狠辣，是龍鷹永遠學不來的。

故此，今趟入大明宮見李顯，絕不像表面般的簡單，而是關係到「長遠之計」未來的成與敗。

龍鷹不但須加強李顯的鬥志，還要騙他如今唯一之計，就是要誅奸斥佞。要李顯殺惡后，是強其所難，可是，若告訴李顯，殺武三思者，田上淵是也，肯定李顯信而不疑，且清楚一天不殺老宗、老田，自己皇座不穩。幹掉宗楚客，韋后再無可倚仗之人，將難以作惡，作惡亦弄不出甚麼花樣來。

只要李顯下決心，通過「范輕舟」對付宗楚客和田上淵，龍鷹便可藉之營造出可抗衡韋宗集團的形勢。

「成則為王，敗則為寇」，乃在現今的形勢下唯一的至理，其他全不在考慮之列。肅清北幫在關外的勢力只是第一步，走不出此步，其他休提。

然而，尚未足夠，因老宗、老田在關中仍佔壓倒性的優勢，黃河幫能否重返關中，尚為未知之數，總不能坐著來等。

故而高力士之策，就是在眼前錯綜複雜的形勢裡，於李顯的支持下，自重圍裡殺出一條血路。

高力士沉聲道：「范爺明察，政權落入韋、宗之手的一天，就是河間王和宇文大統領遭革職之時，朔爺則被投閒置散，接著第二次兵變來了，相王肯定沒命，長公主則比較難說。」

龍鷹道：「怎才算給他們掌握皇權？」

高力士道：「就是將李重茂迎回京師，捧這傀儡登上帝座，通過他頒發連串的新政。這個過渡期不會太長，因韋宗集團早有準備，應少於一個月。」

龍鷹道：「這麼說，皇上駕崩後，我們至少有約二十天的時間。」

高力士分析道：「這二十天絕非動手的好時間，因韋、宗尚未露出狐狸尾巴，到河間王、宇文大統領和所有忠貞之士紛被革職，代之以宗楚客的親信和韋氏族人，那時司馬昭之心，路人皆見，才是最好的時機。」

龍鷹同意道：「有道理。」

又問道：「臨淄王和相王現時關係如何？」

高力士道：「臨淄王用范爺教他那『見人講人話，見鬼講鬼話』的妙著，成功說服相王，讓臨淄王擔當為安樂籌款之職。」

又歎道：「簡簡單單一件事，花了相王三天時間才下決定，有些時間還鬧得很僵，直至長公主表明不反對，事情方有轉機。」

龍鷹道：「是楊清仁在背後發功，此時確不宜與娘娘有無謂的衝突。」

高力士道：「可是！相王與臨淄王的關係，不是變好，而是變得更差，直至臨淄王當上廷事丞，他們繃緊的關係始緩和下來。」

龍鷹動容道：「因臨淄王在台勒虛雲眼裡，變得有用了。」

馬車駛入宮城。

龍鷹目光投往窗外的宮城景色，心內歎息，又再置身於皇宮這虎狼之地，如陷身泥淖，沒有人可乾乾淨淨的離開，包括他龍鷹在內。

假如仍在飛馬牧場，有多好。

心神不由長出翼膀，飛回商月令的身邊，腦海泛起她婉轉承歡的嬌姿美態，實想不到世上還有甚麼比男歡女愛更刻骨銘心的事，難怪有「只羨鴛鴦不羨仙」之語。

高力士的聲音進入他耳鼓，粉碎了他深深的思憶，拉回冷酷不仁的現實去。

道：「可是，相王對范爺為安樂籌款，卻沒半句惡言。」

龍鷹點頭表示明白，道：「該否由皇上處入手，理順相王和臨淄王的關係？」

高力士道：「請范爺瞧著辦。」

龍鷹道：「宇文朔指皇上很看得起臨淄王，是怎麼一回事？」

高力士道：「原因在臨淄王精通音律，又寫得一手好字，言語便給，如此人才，在皇族中絕無僅有，故對他非常欣賞，加上臨淄王有辦事的才能，不單稱職，且不時有新的好建議，討得皇上的歡心。」

接著高力士壓低聲音道：「臨淄王非常小心，盡量不露鋒芒。」

龍鷹道：「豈還是閃閃躲躲之時，不過，一切待我見過臨淄王再說。」

順口問道：「你和娘娘的關係又如何？」

高力士道：「娘娘比以前任何時刻更需要我，籌備大婚的事，她的親族沒一個人幫得上忙，除了中飽私囊，故此所有事務全落在小子身上，亦只有小子方清楚細節，而小子亦力圖予她這個印象，讓她不會斤斤計較其他方面的事。」

接著道：「小子是娘娘沒法監視的人。」

龍鷹道：「高大這方面該下了很大的力氣和工夫。」

高力士謙卑的道：「一切依經爺和范爺的訓示，無聲無息下緩緩進行，現時皇上身邊伺候的侍臣和宮娥，大部分是小子的人，發展出蒙騙娘娘的手法，娘娘曉得多少，由小子決定。像今天范爺入宮見皇上，不論談多久，小子會製造出不過兩、三盞熱茶工夫的印象，令娘娘不起疑。」

龍鷹訝道：「怎辦得到？」

高力士道：「小子先將娘娘的人調離，於適當時間安排他們回來，再讓他們以為范爺剛剛入宮，他們當然不會告訴娘娘是聽人說的，遂營造出有利我們的假象。」

龍鷹動容道：「高大了得。」

高力士誠懇的道：「全賴經爺苦心栽培我，經爺的大恩，小子永誌不忘。」

龍鷹不知是好氣還是好笑，然而高力士發自真心所表達出來的豐富感情，可使任何人僅餘的半分懷疑亦告不翼而飛。以他這個能耐，韋后不被他騙個帖服才怪。

在李顯心裡，高力士逐漸代替了湯公公昔日在李顯心內的地位。這方面高力士雖沒多言，但剩看高力士能把李隆基推薦給李顯當這個廷事丞，已知高力士宮廷鬥爭的經驗何等老到，不單建立起李顯與李隆基的關係，還扭轉了相王和李隆基父子的不和。

高力士為「長遠之計」下的苦心和努力，是夜以繼日的水磨功夫，須多大的決心、毅力和耐性。

高力士能做到的，沒人辦得到。他營造出來的諸般假象，蒙蔽了韋后，令宗楚客掌握不到真正的情況。

馬車穿過玄武門樓深長的通道，右轉朝大明宮駛去。

忍不住的道：「經爺似罵你的時間多，栽培你的時間少。」

高力士現出深刻的表情，似是內心某一感覺，發乎中，形於外。道：「每次經爺訓誨小子，小子心裡都在想，如何可以做得更好點，使經爺不罵得小子那麼嚴厲。到後來經爺愈來愈少罵小子，小子醒悟到，在經爺的鞭策下，小子終幹出點成績來。」

接著兩眼一紅，道：「經爺改變了小子的人生，令小子從己身的苦海裡尋到樂土和方向，連過往打心底厭倦的事物，頓然變得充滿意義。更令小子感到榮幸的，是能依附像范爺般當今世上最偉大人物的驥尾，為『長遠之計』效死力。『朝聞道，夕死可矣』，即使明天小子被奸賊斬首處死，小子絕不皺半下眉頭。」

說到「當今世上最偉大人物」一語時，兩行熱淚從眼角瀉下，真情流露。

龍鷹被感動了，首次從他閹臣的位子去思考高力士的處境，他有口難言的悲愴和痛苦。

一時說不出話來。

高力士拭去掛臉淚痕，不好意思的道：「教范爺見笑。」

龍鷹搖首，似想以此動作揮走忽壓心頭某種沉重的情緒、感觸。

如高力士般的內侍臣，確為內侍裡的異類，沒沾染半點宮廷習氣，少懷大志，從沒停止尋找無邊苦海裡的出路。就像席遙經歷兩世輪迴，務要尋得進入「洞天福地」的仙門。

十多騎從大明宮迎過來，領頭者是宇文朔和宇文破，兩人左右策騎與馬車並排而走，簇擁著龍鷹馳進大明宮去。

第三章　夕照餘暉

大明宮。

御書房。

「輕舟！坐近朕一點！」

龍鷹連人帶椅移近李顯，到相距不足三尺，在大唐天子的右下首停下來。這個距離，令龍鷹生出異樣的感覺。

是否如高力士猜估的，李顯需要像他般的強人？

比之上次見李顯，他消瘦了少許，但最大的不同之處，是變得陰沉，一雙龍目藏著複雜難明的神色。

李顯凝望前方，眼神變得空空洞洞，肯定視而不見，腦內別有所思，緩緩道：「輕舟為裹兒籌款的事，辦得如何？」

龍鷹答道：「稟告皇上，幸不辱命，為公主籌得五千兩黃金。」

接著壓低聲音道：「這只是個幌子，實為『明修棧道，暗渡陳倉』之計，小民幹掉了田上淵的頭號大將練元，此人原為惡名昭著、肆虐一時的河盜，後來投靠田上淵，弄出『獨孤血案』，又公然刺殺黃河幫的陶過，殺人如麻，滿手血腥，死千百次仍不足以贖其罪。」

李顯龍軀連續顫抖，往龍鷹瞧來，眼神逐漸聚焦。

龍鷹生出豁了出去，沒得返回頭的感覺。

李顯上下唇輕微顫動，好不容易才吐出「田上淵」三字。

龍鷹點頭道：「對！殺武大相者，田上淵是也。」

李顯艱難的道：「宗楚客？」

龍鷹沉聲道：「田上淵就是宗楚客，宗楚客就是田上淵，兩者沒有分別。娘娘該不知情。」

李顯一雙眼紅起來，額頭青筋暴現，咬牙切齒的道：「朕要殺了這兩個奸賊。」

龍鷹道：「皇上明鑒，在李重俊太子造反之前，皇上下道聖諭，可將兩賊即時斬首，然而如此時機一去不返，皇上必須有周詳部署，方可達此願望。」

李顯出奇地冷靜下來，微頷龍首，似在暗裡為自己下決定，道：「輕舟有否真憑實據？」

龍鷹心忖李顯經燕欽融當著他被拖出去活生生打死之事後，確比以前成熟了，懂得考慮現實的問題。

不由想到，宗楚客和韋后有否考慮過，如此不給李顯顏面，會帶來如眼前般的效果，令李顯對他們徹底心死。

權相奸狡無倫，惡后深悉李顯性格，事前對此必有周詳深入的考慮，然而，他們仍是這麼的做了，唯一的解釋，就是要鎮著李顯，令因政變而變得進取的李顯，會因恐懼而退縮。

從現在開始到安樂大婚，韋宗集團將有頻密的動作，務要在文、武兩方面的關鍵位置換上他們的人，成功與否，李顯的態度是關鍵。

楊清仁、宇文破，更是首當其衝。

用這樣的方式，公然打死燕欽融，不單為壓制李顯，且是要在文武百官前立威，顯示順我者昌、逆我者死的威勢。

原本此手段對李顯生效的可能性極大，幾是十拿九穩，看李顯於李重俊兵變後龜縮怯懦的態度便清楚。若非有「范輕舟」到，與高力士、符太、宇文朔和上官婉兒費盡唇舌，激起李顯鬥志，哪來讓楊清仁當上右羽林軍大統領一事？

可是，千算萬算，韋、宗仍算漏一點，就是「范輕舟」對李顯能起的神奇作用。於此，高力士看得清楚，是「范輕舟」代替了李顯心裡武三思的位置。此狀況自有其來龍去脈、前因後果，至重要的乃關乎人與人間微妙的緣份。

龍鷹答道：「宗楚客滅掉了所有證據。」

李顯沉吟片晌，道：「朕該怎辦？」

龍鷹道：「皇上可知太子兵變當夜，田上淵兵分三路，同時攻打大相府、長公主府和興慶宮，因相王當晚到了興慶宮去。」

李顯點頭道：「他們告訴了朕。唉！」

又道：「朕為此事質問宗楚客，他卻將事情全推到太子身上，加上娘娘幫他說話，結果不了了之。」

龍鷹心忖李顯確無能之極，李重俊怎可能攻擊與他關係密切的相王和太平？稍有作為的，都會就此事窮追猛打，務要令有疑者人頭落地，李顯卻立即敗退往他安全的小天地裡。

道：「為今之計，就是削宗楚客和娘娘的權力和勢力，彼消我長下，覷準時機，一筆過和宗、田兩人算帳。」

李顯聽得雙目閃亮，如被注進新的活力。

龍鷹則心中暗歎，若李顯忽然變得奮發有為，恐怕韋、宗不待大婚來臨，提早發動陰謀。

龍鷹道：「皇上明察，事情必須分兩方面進行，而不論哪一方面，皇上的態度，將決定事情的成敗。」

李顯道：「輕舟放心，朕今次絕不退讓。」

燕欽融的慘死，於李顯有著切膚之痛，是皇權在他眼睜睜下被奪走。

龍鷹道：「首先，是皇上安全上的事宜，交由大宮監處理，其他人不得置喙。」

李顯頷首道：「這個合情合理。」

龍鷹道：「皇上明鑒，看似簡單，內中卻異常複雜，當牽涉到皇上生活上的某些習慣，皇上未必能接受。」

李顯駭然道：「他們真的要篡奪朕的皇位？」

龍鷹道：「皇上現時的處境，正是高宗皇帝當年的處境。」

這兩句話，肯定李顯非首次聽到，至少太平這般警告過他，故沒有特別的反應，逕自沉吟，道：「若朕將宗楚客召到麟德殿來，輕舟可否佈局將他當場格殺？」

龍鷹心歎此計連你都可想到，老宗怎可能沒提防？道：「太子兵變，宮內大批禁衛陣亡，後被株連而死者，為數亦不少，時值宗賊權傾朝野，必大量安插其人員到宮內三軍中，飛騎御衛難以倖免。若皇上單獨召宗賊來見，他固然有大批高手隨來，或許像那次般，知會娘娘一起來見皇上。如我們發難，他的隨從加上混入飛騎御衛的奸細，有一定頑抗之力，我們未必宰得掉他。」

李顯聽得龍顏發青。

龍鷹剛說的，是他從未想像過。

李顯六神無主的道：「宗賊豈非可隨時發動？」

龍鷹道：「皇上放心，若有選擇，宗賊絕不敢主動造反，那就是犯上作亂，天下共討，只是郭大帥領兵回朝，已非宗賊抵擋得了。」

李顯心神稍定，吐出一口氣，道：「然而朕怎樣才可以削娘娘和宗賊的權？」

龍鷹道：「簡單可行之法，是重施以河間王任右羽林軍大統領之計，以皇上的親族，對抗娘娘的外戚。」

李顯回復生機，龍目閃閃的，問計道：「如何可付諸實行？」

龍鷹用的招數仍是投其所好，若要他重用的人是李族外的人，以李顯此時疑神疑鬼的心態，很大機會猶豫難決，即使接受了，仍會因意志不夠堅定，半途而廢。可是，用的是他的皇族，當日將楊清仁捧上大統領之職的情況將告重演。

龍鷹道：「首先，是要肅清三軍裡的奸黨，把宮內三大禁衛系統，重置於皇上之手。如此則必須將三軍內陞遷調職之權，從娘娘和韋溫處收回來，只有皇上說了才算。」

李顯聽得眉頭大皺，肯定他此時想到的，是須與惡后正面衝突，對著幹，而那壓根兒是他負擔不來的事，否則燕欽融便不用給韋氏族人亂棍打死。

龍鷹壓低聲音，一字一字緩緩道：「只要皇上做到一件事，其他的自然水到渠成。」

李顯精神大振，忙問道：「甚麼事？」

龍鷹道：「就是委任相王為監國。」

忽然間，重返以李族抗韋族的建議。

龍鷹對朝廷複雜無倫的官職近乎無知，獨對「監國」一職印象甚深，當年女帝便賜李顯監國一職，又看死李顯不敢接受。

據龍鷹其時的理解，監國是為繼任帝位者而設，屬登位前的訓練，予他處理國家事務的寶貴經驗。

所有呈上皇帝的奏章，須先經監國審核，然後提出己見，最後交由皇帝定奪。

李重俊這個可憐太子，因勢弱，又被韋后阻撓，故與此職無緣，否則說不定不用造反，至少可把李多祚留在原位。

故此監國權力極大，等於「準皇帝」。

龍鷹此招最厲害處，是一著定江山，某一程度上，也是不用明言的，便把相王李旦捧上繼承人的位子，將來李顯遇害，臣將們仍心有所向。

那時不論韋宗集團捧出李重福或李重茂，便難名正言順，比之相王，怎都矮了一截。

如相王仍是以前的相王，再好的妙計也會因人而廢，然今時不同往日，相王背後，支撐他的是台勒虛雲，便是截然有別的另一回事。

李顯喃喃道：「監國！監國！」

雙目射出回憶的神情。

龍鷹感應到他波蕩的情緒，是一種能惹起深心內濃重感情的思憶，與相王的兄弟之情。李顯回朝時，相王仍為太子，可是相王並沒有戀棧其位，立即退出，將太子之位拱手讓予李顯。其時李顯或許沒多大的感覺，因感理所當然，然此刻追憶舊事，比對起現在韋后對他的無情，李旦的兄弟情義，特別令他心中感動。

李顯像向自己說般，點頭道：「就這麼辦。」

監國一職，凌駕於所有文武百官之上，將宗楚客的群相之首、韋溫的兵部尚書，全壓在下面，職權方面更無限制，事事可管。

同時，亦將李旦擺上與垂簾聽政的韋后的對立面上。

龍鷹沉聲道：「皇上下決定了嗎？」

李顯朝他瞧過去，臉上血色褪掉，有種病態的蒼白，道：「朕決定了，絕不改變。」

又沉吟道：「可是如何將朕這道諭旨發下去，卻不容易。」

龍鷹明白過來，如李顯可隨心所欲的上令下達，等於牢牢將皇權握在手裡，現時情況顯非如此，是受制於惡后。

問道：「須經怎樣的程序？」

李顯道：「一般情況，舉凡重大的朝政，是先與娘娘商議，像上次任河間王為大統領的情況，議定後交由婕妤起草，再頒佈朝廷。亦有由朕提議，婕妤起草後，經娘娘過目。唉！若這樣一個關係重大的諭旨落在娘娘手上，肯定被硬壓下去，至乎胎死腹中。」

龍鷹道：「由德高望重的大臣，在朝會上公然向皇上作此建議又如何？等於把事情擺上檯面，就看皇上是否頂得住娘娘和宗賊？」

李顯先現喜色，接而黯淡下去，頹然道：「朝上哪來德高望重的大臣？即使有，也不敢提出來。」

龍鷹陪他苦笑，道：「皇上倒清楚處境。」

接著道：「長公主又如何？」

李顯大喜道：「對！對！」

龍鷹首次相信李顯有反抗惡后的誠意和決心，故隨事情的起伏，表現出內在應有的情緒。

龍鷹靈機一觸，道：「事情成敗，還要看相王和長公主的配合，說服他們的工作，不宜由皇上親自抓，因會打草驚蛇，小民有個提議。」

李顯頓然變得精神奕奕，仿似脫胎換骨般，欣然道：「輕舟說出來。」

他的振作，落在龍鷹眼裡，怎都有點夕照雖燦爛，卻是日落西山之時，若如迴光反照，心裡惻然。

自己有可能仍保得住他的性命嗎？

旋即將此想法排諸腦海之外。

沉聲道：「皇上就當小民今天所說的，是臨淄王向皇上稟上，與小民沒半點關係。」

李顯愕然道：「隆基？」

龍鷹解釋道：「這是必須的手段，首先，可令小民置身事外，大利於與田上淵在江湖上的鬥爭。其次，是必須由同是皇族的臨淄王去說動長公主和他王父，因小民和相王及長公主，中間沒有信任的基礎。」

李顯猶豫道：「可是……」

龍鷹拍胸保證道：「皇上不用擔心臨淄王方面，由小民向他解釋清楚，對唐室臨淄王是忠心不二，殆無疑問。」

李顯問道：「輕舟熟悉臨淄王？」

龍鷹道：「在洛陽已有交往，臨淄王慷慨俠義，豁達大度，令人生出好感。」任他如何吹噓，不問宮外事的李顯難知真偽，且肯定高力士在李顯前為李隆基美言不絕，自己只是多添幾句。

李顯終於首肯，同意道：「確為辦法！朕立即召他來見，以堅定他的信心。」

龍鷹心忖這就最好，現時李顯表現出來的積極性，前所未有，顯示出燕欽融一事，對他的衝擊有多大。

韋、宗是弄巧反拙。

龍鷹道：「皇上明鑒，此事乃皇上、臨淄王和小民間的絕密，不容洩露半點消息，對相王、長公主亦如是。」

李顯點頭表示明白。

龍鷹暗鬆一口氣。

此為兩全其美之計。

首先，他龍鷹置身事外，得以保著和宗楚客鬥而不破的關係，有利無害。

更重要的，是讓李隆基為唐室皇族立大功，想想如此一個能扭轉整個形勢的大計，不但由他提出來，且得李顯首肯，是何等偉大的成就。

這也是讓李隆基展露才華的機會，他必須說服太平、說服其王父，那並不容易，因顧慮太多了，李旦實缺乏這個勇氣，且一旦決定邁步，壓根兒沒退路可言，直至分出勝負，成王敗寇。

在這個過程裡，太平和李旦再沒法視李隆基為以前不務正事、遊手好閒的皇族子弟，李隆基的地位勢猛然揚升，讓他們看到李隆基隱藏著的一面。

一時間，韋宗集團仍弄不清楚有李隆基在暗裡作怪，只認為由太平策動，對他們做出凌厲反擊。

龍鷹道：「若沒有其他事，小民告退了。」

李顯往他望來，現出感激的神色，道：「輕舟是河曲之戰的大功臣，若朕任命輕舟軍中要職，誰都不敢有異議。」

龍鷹道：「皇上明鑒，宗賊一方最可慮者，實為勢力龐大的北幫，武大相就是這般的栽在田上淵手裡。故今次小民藉口返南方籌款，乘機擊潰北幫在關外的勢力，乃摧毀北幫的第一步。小民與田上淵的決戰，將在關中進行，故小民不宜負擔任何官職。」

李顯記起龍鷹曾報上斬殺田上淵頭號大將練元之事，不過到此刻，他才比較明白。

道：「輕舟明天可入宮來見朕嗎？」

龍鷹道：「小民盡量抽時間來。」

告退離開。

第四章　雁行效應

龍鷹離開守衛森嚴的御書房，宇文朔、高力士，還有李隆基，正在以半廊連接的轎廳等待。前兩者該為候命，李隆基則是營造和他碰頭的機會。

李隆基一洗頹氣，神采飛揚，雙目閃閃有神，顧盼生威，令人心折。

高力士不待龍鷹說話，逕自進入御園，到御書房伺候李顯。

李隆基定神的打量龍鷹，歎道：「范爺神人也。」

廳內得他們三人，宮娥、侍臣退避。

龍鷹知他從高力士處曉得成功殺練元之事，故有此感歎。

龍鷹來到兩人身前，向李隆基欣然道：「記得臨淄王向太醫大人說過的『雁行效應』嗎？小弟幸不辱命，終炮製出這麼一個可能性，往後就要看臨淄王的本領。記著，小弟和你在洛陽時已是素識。」

李隆基和宇文朔聽得一頭霧水時，高力士掉頭回來，向李隆基道：「皇上召見臨淄王。」

李隆基望向龍鷹，隱隱猜到李顯的召見，與龍鷹提起的雁行效應有關係。

龍鷹道：「快去！」

李隆基欲言又止，隨高力士去了。

宇文朔滿臉疑惑，問道：「是甚麼一回事？」

龍鷹道：「我趕著出去，邊走邊說如何？」

兩人並肩舉步。

宇文朔壓低聲音道：「上官大家在廣場等你。」

龍鷹表示明白，這是上官婉兒最便捷和他密話的方法。想起她綽約迷人的風情姿采，現今兩人關係又已是不同，不由心裡一熱。

道：「所謂雁行效應，是臨淄王向太少提出來，意指雁群裡的領頭雁，在前方領飛，其他雁兒便結成陣勢，隨領頭雁不懼風雨的飛往遙遠的目標。」

宇文朔算相當聰明，把握個大概，問道：「誰是此領頭雁？」

龍鷹道：「相王！」

宇文朔失聲道：「甚麼？」

龍鷹笑道：「勿要驚惶，領頭雁後不但有臨淄王，還有太平和台勒虛雲，包保飛得既有態勢，且不偷懶。」

宇文朔歎道：「可是相王似從未試過飛離地面，怎可能在一夕間變為擅飛的領頭雁？」

龍鷹苦笑道：「但願我們有另一選擇，今回只能死馬當活馬醫。試問當今之勢，有誰比他有資格坐上大唐監國之位，而皇上亦可振振有詞，撐皇弟到底？」

宇文朔動容道：「監國？」

龍鷹遂將剛才和李顯的對話，不厭其詳的道出來，還有自己的想法，好藉宇文朔進一步向受命的李隆基解說。

止步。

廊道盡處就是麟德殿的正廣場。

宇文朔精神大振，讚許道：「范爺此計，妙絕天下，如若成功，可一下子扭轉局勢。他奶奶的，我們鬱悶太久哩！」

他一向措辭優雅，罕有說粗話，現在忍不住爆出一句，既是近墨者黑，也是代表心內的興奮和激動。

自李重俊兵變後，韋宗集團氣焰燭天，恃勢橫行，奸佞當道，小人得志，而他們一方，除了捧楊清仁登上右羽林軍大統領一職，稍挽頹勢外，其他時間盡處於捱打之局。

到燕欽融被韋族活生生打死，支持李顯者全被壓得抬不起頭來，人神共憤。可是，龍鷹的「雁行之計」，卻可使相王李旦成突起的異軍，形成可與惡后、權相抗衡的力量。

宇文朔續道：「娘娘和老宗肯定全力反撲，又策動朝臣裡的走狗，從各方面動搖長公主的提議。」

龍鷹道：「論影響力，太平絕不在娘娘和老宗之下，只是以前壓根兒不到她干涉插手，亦找不到切入點。論辯才，太平肯定高於娘娘，可和老宗平起平坐。他奶奶的！這正是雁行效應的初現。」

兩人步入廣場。

一輛馬車停在一邊，有七、八騎從衛。

宇文朔低聲道：「高大玩了一個小把戲，傳出風聲，說上官大家姐兒愛俏，戀上了河曲之戰的大英雄范輕舟。於她眼中，老范等於另一個龍鷹，令她有重溫舊夢的動人感覺，而因此謠傳，你和上官大家的交往，理所當然。」

龍鷹苦笑道：「高大想得周到。」

宇文破偕十多個飛騎御衛，從右方步行而來。

龍鷹一眼掃去，隨行的十多個飛騎御衛，人人精神抖擻，神氣內斂，莫不是一流的好手。

宇文破攞一個手勢，從衛們全體立定，剩他一人走過來。

龍鷹訝道：「大統領竟能在這樣的形勢下，成功建立自己的親信班底，非常難得。」

宇文朔道：「那是太子兵變前的事，不受外力干涉，然而好日子一去不返，像現在的楊清仁，調遷用人全須看韋溫的臉色，最近他想革掉一個不聽命的副將之職，亦因韋溫的干涉作罷，多麼氣人。」

龍鷹欣然道：「以後還看我們的臨淄王哩！」
宇文破來到兩人面前，問道：「有成果嗎？足有整個時辰。」
他指的是龍鷹謁見李顯。
宇文破乃西京龍鷹兄弟班底的核心份子，曉得龍鷹此回見李顯，關係重大。
宇文朔沉聲道：「成果之豐碩，你造夢仍沒想過，稍後詳細告訴你，現在我們勿阻范爺會佳人呵！」

馬車開出。
上官婉兒伏入他懷裡，用盡力氣抱著他，似在冰天雪地裡，龍鷹是唯一的暖源。
大才女喃喃道：「沒想過范爺這麼快回來，真好！」
龍鷹感受著她芳心裡情真意切的波動，心生憐惜，往昔的美好日子又回來了，並因兩人間雖有波折起伏，終沒反目成仇，而感欣慰慶幸。
「雁行之計」帶起所有事情，以前不敢向大才女透露的，現時可直說無妨，因大才女可精確判斷，優勢屬哪一方。

雖說宮廷有權勢的女人，沒一個可信，皆因她們事事從功利著眼，可是，當最大的利益須投靠龍鷹，上官婉兒和龍鷹又回復到女帝時代那種關係。何況上官婉兒的命運實與龍鷹掛了鉤，唇亡齒寒。

思行至此，登時感到抱滿懷的修長苗條的動人玉體，化為灼心烈焰，燃著他的愛慾，亦予他返京後，唯一鬆弛下來的機會。

上官婉兒喃喃道：「為何花了整個時辰？皇上少有和人說這麼久的，唯一例外是娘娘。」

龍鷹撫摸香背，還搓揉她充盈彈力的嫩滑背肌，岔開去道：「上官大家的身體真棒，愈來愈青春哩！」

上官婉兒伸展嬌軀，示威似的在他眼前展露誘人的曲線，然後纖手纏上他頸項，咬著他耳朵道：「不用哄人家，怎麼哄也沒用，先要老老實實答婉兒的問題，臨淄王與你們是甚麼關係？」

龍鷹早知不可能瞞過她。

他以前曾向上官婉兒暗示過，高力士屬他們一夥，現在由高力士說動李顯，任李隆基為廷事丞，委任狀也是上官婉兒起草，怎可能感覺不到異常之處？

淡淡道：「他就是我們未來的真命天子。」

上官婉兒嬌軀猛抖一下，移離龍鷹，美眸瞪大，喘息著，胸脯起伏，一時沒法從震撼裡回復過來。

龍鷹點點頭，增強語氣傳音道：「早在洛陽之時，萬仞雨介紹李隆基予我認識，後來又得胖公公認同，經聖神皇帝兩次考核，我們終定下延續大周盛世的『長遠之計』。聖神皇帝之所以將他調往幽州，一來予他了解北疆形勢的機會，也是讓他與軍方重中之重的郭大帥建立私人情誼，用心良苦。」

上官婉兒一雙秀眸，愈瞪愈大，自言自語的道：「有可能嗎？」

她這句話，該是不知情者的第一個反應。即使李旦登上帝座，李隆基上面還有兩個兄長，依傳長不傳幼的繼承法，何時輪得到李隆基？

龍鷹輕描淡寫的道：「在太平盛世，事事正常，當然不會發生。可是，現時正是最不正常的情況，強者為王，豈受一般成法所限。婉兒亦忘了我龍鷹是何等樣人，所作所為，莫不是將不可能變成可能。」

上官婉兒坐到他腿上去，嬌嗔道：「婉兒不依。」

龍鷹道：「事情一直在暗裡進行著，聖神皇帝仙遊前，將武技絕強的一群親衛賜予臨淄王。故此在田上淵攻打興慶宮之役，損兵折將的鎩羽而回，因果早定。」

接著歎道：「不是我要瞞你，而是不想大家多一件心事，徒添煩惱。」

上官婉兒幽幽道：「為何現在忽然又肯告訴人家？」

龍鷹道：「是個時機的問題。」

上官婉兒不解道：「時機成熟了？」

龍鷹道：「當我剛才從御書房走出來，時機終於來臨。不過對外人來說，仍須一段時間，方感受得到未來天子的驚人威力。」

上官婉兒道：「人家不明白呵！」

龍鷹沒隱瞞地說出「雁行之計」，到解釋清楚，朱雀門樓在望。道：「現在小弟有事急著處理，須和大家暫別。」

說話時，不知忍得多麼辛苦，才控制得住蠢蠢欲動的一雙手。

上官婉兒道：「今晚人家要到花落小築來陪范爺。」

龍鷹苦笑道：「還是小弟有空時來找大家較為適宜，因今夜是否有睡覺的閒暇，尚為未知之數。」

雁行效應的作用愈來愈明顯。

不論李旦如何無能，所有支持唐室的力量全給統一在他這頭領飛雁上，具有清晰的方向。也可以說能集中戰力，為領頭雁護航。

形勢已告清楚分明，一旦李隆基分別說動太平和其王父，李顯皇朝史無前例的政治鬥爭將告開展，遠過當年皇太子和皇太女之爭。

在西京，他首次目睹上官婉兒如釋重負的歡顏，是從絕望裡看到希望的反應。

撇掉跟蹤者後，他到北里的因如賭坊找台勒虛雲。

一切須抓緊來幹，不容懈怠。

甫入門，遇上的是弓謀，後者告訴他，宋言志回來了，並急著和他說話。

龍鷹慶幸自己有先見之明，沒答應大才女香豔誘人的夜會。

若有時間，見過宋言志之後，好應夜探獨孤倩然香閨，向她交代殺練元的事。

不由暗罵自己，藉口冠冕堂皇，說到底仍是受不住獨孤美人兒的誘惑力。

問道：「武延秀有沒有來賭坊找香霸的碴子？」

弓謀答道：「來過一次，雙方吵得很凶，這小子壓根兒不知惹的是何人，氣焰滔天，盛氣凌人，不知個『死』字怎麼寫。」

龍鷹道：「發生在多久前？」

弓謀道：「三天前的事。」

龍鷹道：「香霸怎都要忍他。形勢不明朗下，輕舉妄動將帶來不測的後果。且武延秀後面有宗楚客撐他的腰，故必有後著。」

弓謀同意道：「理該如此！」

龍鷹乘機向他敘述最新形勢，聽得弓謀驚喜連連，頗有守得雲開見月明之感。最後總結道：「須一步一步的走。現時我們和大江聯合則兩利，分則兩敗，目標相同，到剷除韋宗集團，形勢方告分明，我們和大江聯決戰的時間亦到了。」

本以為通過香霸才找得到台勒虛雲，豈知台勒虛雲正在水榭恭候他大駕。

不論香霸或台勒虛雲，都愛在此榭與他說密話，原因是既遠離其他建築，本身環境優雅，水深不到半丈，想從水下潛過來，對象是台勒虛雲般的高手，等若自尋死路。

兩人在榭外臨水平臺坐定，侍女獻上熱茶後，退離水榭。

台勒虛雲道：「辛苦輕舟哩！」

他所掌握的，是无瑕竊聽回來他和老宗的對話，其時龍鷹左瞞右瞞的，令台勒虛雲所知有限，唯一清楚的是關外北幫遭受沉重的打擊，最離奇的是老田似乎連被誰襲擊亦一塌糊塗，沒法使宗楚客可問得確鑿證據，令「范輕舟」從容辯解，輕易過關。

勿說台勒虛雲，即使身為聯軍一份子的高奇湛，一樣弄不清楚情況。今趟來找台勒虛雲，是要讓他清楚發生何事，好知會高奇湛借黃河幫之名，全面南下。

龍鷹沉聲道：「我不但幹掉練元，隨他葬身大運河的尚有北幫逾五百尖兵好手，又燒掉對方三十多艘戰船，俘虜了他們四十五艘飛輪戰船，關外的北幫，正瀕臨崩潰的邊緣，黃河幫捲土重來，此其時也。」

台勒虛雲動容道：「怎辦得到的？」

龍鷹答道：「全賴竹花幫的探子建立奇功，早於竹花幫在楚州集結之前，竹花幫與沿大運河各城鎮有深厚交情的幫會建立連繫，形成籠罩由楚州至洛陽的情報網，鉅細無遺掌握北幫戰船的調動。」

台勒虛雲點頭認同。

龍鷹續道：「當竹花幫的戰船大舉北上，牽動了北幫，被我們掌握到北幫大致以汴州以南的河湖網伏兵的情況。可是真正致勝關鍵，是我和王庭經與單獨北上的江龍號於秘處會合，識破練元本天衣無縫的陷阱。練元有個弱點，就是務要殺我范輕舟，其他的並不放在他眼內。」

接著不用隱瞞的詳述戰爭的過程，當然沒有「天師」席遙或「僧王」法明。

台勒虛雲聽不出破綻，因壓根兒沒有。歎道：「精采！精采！」

又道：「難怪田上淵推掉幾個約好的宴會、雅集，匆匆離開。」

龍鷹這才曉得田上淵不在西京。

龍鷹道：「只有兩個月的時間，趕得及嗎？」

台勒虛雲沉吟道：「事在人為，就看我們用甚麼手段。」

凝視龍鷹半晌後，道：「我們一直有個計劃，是攻擊摧毀北幫在華陰的總壇，以前未能付諸實行，因北幫勢強，我們即使成功，難避殺敵一千，自損八百的後果。現時形勢有異，田上淵想維持關外的水道霸權，須分兵往援，我們的機會終於來臨。」

龍鷹早忘掉此事，心呼厲害，雙重打擊下，老田還能挺多久？

第五章　政爭權鬥

台勒虛雲現出深思的神色，道：「輕舟如何看待田上淵到關外去？」

龍鷹差些兒頭痛，對北幫的事，在殺練元後，於他是告一段落，希望可袖手不理，由大江聯負起全責，根本不想為此費神。

坦然道：「我沒想過。」

台勒虛雲悠然道：「田上淵今趟是到洛陽去，從各方面評估北幫的損失。練元雖去，尚有郎征和善早明。『百足之蟲，死而不僵』，何況北幫真正的實力，是在關中而非關外，所有來自塞外桀驁不馴的高手，由田上淵親自駕馭。田上淵只要調整北幫在關外的策略，可硬撐一段時間。」

龍鷹問道：「如何調整？」

台勒虛雲道：「可分兩方面來說。首先，是北幫本身戰略上的調整，將原本分散的力量集中往洛陽，放棄洛陽東南面的水域，而將注意力轉往北面的大河，特別是從洛陽到關中的大河河段，洛陽、長安互相呼應。」

龍鷹同意道：「此確為應急之計。」

台勒虛雲道：「現時北幫最大的問題，除損失猛帥和大批好手，更是士氣上的沉重打擊，田上淵此去洛陽，固要為手下打氣，亦須派如虎堂堂主虛懷志般第二把交椅的人物，代替死去的練元掌關外大局，重整陣腳，穩住風雨飄搖的局面。」

細審龍鷹片刻後，笑道：「輕舟似完全沒思考過這方面的問題。」

龍鷹老實答道：「我對戰爭感到勞累，只希望餘下的事情，交由小可汗和奇湛處理。」

台勒虛雲頷首點頭，道：「輕舟所辦到的，超乎本人想像，是天大的驚喜，以前是無從入手，現在則有隙可乘，目標清晰明確，比對起來，是截然不同的形勢。可是說到擊潰北幫，即使是關外的河段，仍然是言之尚早。」

稍頓續道：「我之想起突襲北幫在華陰的總壇，因那是北幫關中戰船集中之地，與洛陽遙相呼應，燒掉部分的戰船，可大幅削弱北幫支援洛陽的力量。」

龍鷹心忖台勒虛雲明知自己不會參與，仍不厭其詳向自己解釋其思路，內裡有何目的？

龍鷹明白削弱北幫實力的重要性，每削弱其一分力量，在未來西京的激烈鬥爭裡，他們將多一分勝算。

台勒虛雲道：「即使將整個北幫總壇夷為平地，燒掉泊在十多個碼頭區的所有船隻，可加深北幫所受創傷，卻絕非致命。」

龍鷹訝道：「不是起碼令北幫可用的戰船，愈來愈捉襟見肘嗎？還如何支援關外？」

台勒虛雲道：「輕舟知其一，不知其二。自李重俊兵變失敗後，宗楚客權傾朝野，一直默默將北幫有資格的高手納入西京的戶籍，使他們成為西京的居民。」

又道：「據我們估計，這大批的高手，人數在二百五十到三百之間，部分入住宗楚客的大相府，其餘分派到北幫在京的分壇，又或夜來深、樂彥等人的宅第，融入西京裡。」

龍鷹聽得倒抽一口涼氣，敵人的部署沒停過，其高手的規模，更是龐大至沒想過。幸好有台勒虛雲虎視眈眈，否則驟然遇上，將措手不及。

頭痛的道：「另一方面呢？」

台勒虛雲道：「官府的干涉。」

接著道：「今趟田上淵到洛陽去，必定帶有宗楚客和韋溫的命令，至乎李顯親自押璽簽署的聖諭，對洛陽的政、軍系統，做出有利於北幫的變動，封殺黃河幫捲土重來的行動。任何江湖爭鬥，當牽涉到朝廷的權力鬥爭，最後都是以政治來解決。」

龍鷹終掌握到失去了武三思，對台勒虛雲一方的打擊，難怪武三思遇害後，台勒虛雲認定己方處於劣勢，即使楊清仁登上右羽林軍大統領之位，仍是在掙扎求存。

試想如當大相的是武三思，形勢將掉轉過來，至少坐洛陽總管之位者，非宗晉卿而是武三思的人，比之現在，有著天淵之別。

道：「黃河幫乃立國時得太宗皇帝寵信的北方第一大幫，與唐室淵源深厚，李顯最顧及這類關係，怎肯簽這般的一道敕令？」

台勒虛雲瞪龍鷹好一陣子，歎道：「李顯乃中土史上罕有的昏君，是否清楚黃河幫是甚麼東西，仍很難說。何況大多數時間，他壓根兒不曉得簽署了甚麼，在惡妻有心欺瞞下，更荒唐的事也可以發生，輕舟實高估了他。」

龍鷹不解道：「黃河幫尚未有行動，韋、宗可誑李顯批出怎麼樣的諭令？」

台勒虛雲道：「例如把洛陽區的水師，撥歸宗晉卿直接指揮。」

龍鷹失聲道：「我的娘！確是個大問題。」

台勒虛雲道：「權力操於韋、宗之手，黑可說為白，白可成黑，大可將捲土重來的黃河幫打為叛黨。更簡單的，是指鹿為馬，硬派大江聯借黃河幫之名反擊北幫，可達至同樣效果。」

龍鷹心忖這可非指鹿為馬，而是指鹿為鹿，指馬為馬，因大江聯確以黃河幫之名來個借屍還魂。

台勒虛雲道：「權力鬥爭，不論朝內朝外，最後總憑政治解決。像清仁般，表面看似位高權重，事實上一直被韋溫架空，想調遷個手下將領，均受諸般阻撓，難以成事。」

龍鷹道：「是以前的事了！」

台勒虛雲冷靜的道：「輕舟何有此言？」

龍鷹道：「在我離京之前，李顯委託我暗裡調查武三思遇害的真相，我一直忍著不說，因李顯似在第二天便忘掉此事，隻字不提，我如不識相，等若把熱臉孔貼在冷屁股上。」

台勒虛雲動容道：「竟有此事？昏君也有醒覺的一刻。」

龍鷹道：「攻打大相府之時，田上淵同時分兵攻擊長公主府和興慶宮，實犯了李顯的大忌，長公主和相王肯定就此向李顯哭訴，並說出心裡的懷疑。誰都曉得李重俊絕不會動長公主和相王，那等於搬起石頭砸自己的腳。而有實力這麼幹的，捨田上淵外尚有何人？不過因李顯的畏縮，朝內外又給惡后、權相控制在手，故敢怒不敢言。」

台勒虛雲思索著，似要從龍鷹這番話裡捕捉某一玄機。

龍鷹續道：「李顯連續兩天夢見武三思，觸動他向我這個外人求援。不過！真正撼動他的，是韋氏族人當著他將燕欽融拖出去活生生地亂棍打死，令李顯忍無可忍。」

台勒虛雲訝道：「忍無可忍？想不到呵！依表面的情況看，李顯變得更膽怯畏縮，忍氣吞聲，任韋后擺佈。」

龍鷹想說李顯在等老子回來，但當然不可宣之於口。道：「剛才謁見李顯，我盡博一鋪，直告他殺武三思者，田上淵是也，長公主和相王亦為他剷除的對象，只是沒有成功。當時我在想，若他仍躊躇不決，小弟唯一之計，就是通知有關人等，立即逃離西京，有那麼遠，避那麼遠。」

台勒虛雲如釋重負的吁出一口氣，莞爾道：「輕舟說得輕鬆有趣，而顯然擔心的情況並沒有出現，否則輕舟早溜得遠遠的。」

龍鷹道：「我看李顯今次是鐵了心，向我問計。」

台勒虛雲雙目電芒閃爍，凝神傾聽。

龍鷹道：「我告訴李顯，唯一方法是把相王捧上一個可與惡后、權相抗衡的位置，以李族對韋族，方有可能將形勢逆轉過來，需要的是他的堅持和決心。」

台勒虛雲苦笑道：「這等若逼韋、宗提早毒殺李顯。」

龍鷹從容道：「我們佈局在麟德殿內將九卜女當場格殺又如何？可預河間王的一份。」

台勒虛雲喝道：「絕計！」

須知韋、宗毒殺李顯的手段，已因九卜女而曝光洩露。如此謀朝篡位的事，愈少人曉得愈好，一旦負責者被戮，等若打亂了韋、宗精密的部署，重新建立需時，且龍鷹一方會想方設法增添其難度。

九卜女之死，絕不公開，於田上淵來說，是忽然斷去與九卜女的連繫，到弄清楚情況，又或猜到，起碼有十天半月的時間。

台勒虛雲問道：「李顯如何反應？」

龍鷹繪形繪聲的描述道：「他臉上血色盡褪，兩唇輕顫，雖直視著我，眼神空空洞洞，視如不見，過一會兒後，雙目回復神采，露出當日決定任用河間王的同樣神色，說出『立即給朕召臨淄王來見』的一句話。」

台勒虛雲訝道：「李隆基？」

龍鷹應道：「正是李隆基。」

台勒虛雲歎道：「好一個李顯，是要傳位予皇弟哩！」

龍鷹直覺感到他不但想過這個可能性，且一直朝這方向努力，故此聲調透出滿足的意味。

李隆基既為近臣，又屬皇族，得李顯信任，故李顯第一個徵詢他的意見。由李隆基向他王父說項，可避過韋、宗的耳目。

於李顯來說，李重福、李重茂兩子有等如無，從不放在他的龍心裡，為何如此，恐怕怎麼說也說不清，宮廷恩怨也。

李重福較長，依繼承法理該傳位予他，不過在龍鷹印象裡，李重福與韋后關係極差，絕不容他成為太子。

李重茂則尚幼，年紀小小已被放逐，非常可憐，不過肯定在閱歷、經驗、處事各方面嚴重不足，欲藉之以抗衡韋宗集團，保住李顯的江山，真是提也休提。不論聲譽、地位，兩人均難和李旦做比較。

台勒虛雲怎會看錯人？

台勒虛雲道：「輕舟有否留下來聽他們的對話？」

龍鷹苦笑道：「小可汗太看得起小弟，不用李顯趕我，小弟自動告退。」

台勒虛雲沉吟片刻，道：「李隆基四個兄弟遲遲未歸，偏他及時回來，接替輕舟當上籌款大使。更出乎意外的，僅一個月的工夫，他籌得近萬兩黃金，令西京所有人莫不對他刮目相看。」

龍鷹點頭道：「安樂告訴了我。」

台勒虛雲道：「輕舟可知太平對他為安樂所做的，非常反感，認為他是李族的叛徒。既然如此，太平在李顯面前不會有何好說話。可是，遇上這般重要的事，李顯立即找李隆基來密議，教人摸不著頭腦。」

龍鷹道：「這方面我並不清楚。」

推個一乾二淨。

順口問道：「李顯如何傳位與皇弟？難道皇太子、皇太女之外，竟有皇太弟？」

台勒虛雲道：「李顯可委任皇弟為監國。」

龍鷹故作糊塗道：「監國是甚麼級別的官職？」

台勒虛雲扼要解釋幾句後，道：「輕舟的預感非常準確，此事若成，於各方面均出現天大的轉機，至乎可成韋宗集團致敗的因素，就看我們如何把握。」

接著問道：「輕舟和李隆基是怎樣的關係？李隆基和其他人的關係又如何？」

龍鷹答道：「我和他的關係，是由王庭經而來。他們同住在興慶宮，王庭經的小敏兒又與李隆基的婢子友好，故兩人關係不錯。李隆基因小弟乃王庭經的兄弟，對我頗友善。至於李隆基和其他人的情況，非我能知也。」

剩是符太說書當夜，避過長寧和安樂的糾纏，坐李隆基的馬車離開，台勒虛雲已知李隆基與醜神醫有交情，故龍鷹不在此點上隱瞞，以增加說話的合理性，並鋪下後路，當與李隆基的交往愈趨頻密時，台勒虛雲會認為合乎情理。

從台勒虛雲這麼急於問龍鷹有關李隆基的事，固然因李隆基忽然變成能影響大局、舉足輕重的人物，亦可看出台勒虛雲對李隆基的認識和了解非常有限，看不通，摸不透。

從此角度看，李隆基返西京後的作為，異常成功。

台勒虛雲道：「無論如何，我們很快知道李顯有否找錯說話的人。」

龍鷹道：「小可汗會否依照原定計劃，攻打北幫在關中的總壇？」

台勒虛雲道：「上兵伐謀，其次伐兵，其下攻城。攻打北幫的總壇，等於攻城，是沒辦法下的一著，後果難測之極。現在政治上既可能出現轉機，我們就等他兩、三天，希望有大喜訊傳來。」

龍鷹目的已達，有台勒虛雲在後面策動霜蕎和都瑾，鼓勵李旦赤膊上陣到前線廝殺，大事定矣。

不論霜蕎、都瑾如何聰明伶俐，對治國之事是一竅不通，當李旦陷身政治的泥淖，唯一可倚賴者，就是比他英明百倍、準備十足的兒子李隆基。

若都瑾等於陶顯揚的柳宛真，李隆基便是高奇湛。台勒虛雲與李隆基目標相同，絕不會在這時期著都瑾去破壞李旦、李隆基的關係，那將是李旦登上帝位後的事。

龍鷹告退離開。

台勒虛雲沒挽留，因急著處理此石破天驚的變化。

如台勒虛雲曾說過的，答案一直在那裡，可是因時機未成熟，沒有顯露出來。李重俊的敗亡，韋后又不讓李重福或李重茂立即返京當太子，李旦的「龍運」驟然乍現。

龍鷹重回西京後，茫無頭緒，心內沒有任何成形或具體的計劃。

事情波浪般推著他走，到進入御書房面對當今的大唐天子，在李顯積鬱的面容、悲憤無奈的情狀感染下，他生出感同身受的感覺，晉入了某種奇異的狀態，與李顯甘苦與共。

有點像陷身一個永遠醒不過來的夢魘，腦袋以特別的方式運作。

從未在他心內登場的「監國」，若從遙遠至忘掉了的古老國度，破繭而出地鑽進他的思維裡，豔陽般君臨大地，一切變得清楚分明，豁然而通。

他也從夢魘脫身。

一輛馬車在對街戛然停下來，車輪摩擦地面發出「吱吱」的尖銳聲音。

龍鷹自然而然朝馬車瞧去。

車簾掀起一角，現出清韻的如花玉容，美人兒喜上眉梢的朝他招手。

龍鷹瞧得心中一熱。

現實的天地倒流回龍鷹的意識裡，剛才真的是失魂落魄、心神不屬，沉溺在某一奇異的情緒裡。

禮貌上也好，清韻本身對他的吸引力也好，龍鷹做不到揮手打個招呼便繼續走，橫過車馬道，來到車窗前。

微笑道：「清韻大姐好！」

清韻急促地喘息著，胸脯急遽起伏，望著他的一雙美眸半開半閉的，似很費力方可保持睜開來。沙啞著聲音道：「范爺請登車！」

第六章　嶺南驚變

龍鷹原本的行程，是探訪无瑕香閨，與她打情罵俏好、鬥來鬥去好，最重要是得到放鬆下來的閒逸感覺。

也實在心裡念著她。

離西京前，他們間從未試過清楚分明的關係，不知不覺裡，滑進了新的模式，雖是意猶未盡，然雙方都像想透露壓抑著的某種情緒，令龍鷹至今仍回味不已。

不過，給清韻這麼的一鬧，雖未真箇銷魂，可是在短短一段車程，男女間能做到的事都做了。於龍鷹，是對清韻一直苦苦克制的決堤，事後亦沒絲毫後悔，情況類近當年在大江聯總壇南城簷棚避豪雨與苗大姐諸女擠作一團的香豔情景，但願時間永遠停留在那一刻。

幸好清韻正返秦淮樓途上，龍鷹得在秦淮樓的廣場處脫身。不過，他的意志並非那麼堅定，瞧著釵橫鬢亂、臉紅如火，呼吸似有很大困難的清韻大姐，差些兒下不了車。

龍鷹走一段路後，成功將清韻的香氣蒸離，卻仍作賊心虛，改道返只一坊之隔的興慶宮去。

高力士安排好了他返花落小築的準備工夫，派出兩個「自己人」的年輕侍臣為他打點伺候。

龍鷹痛痛快快沐浴更衣，衣物全由高力士供應。他下船時，揹的包袱是五千兩金子，其他一切完全欠奉。

休息片刻後，悉薰聞風而來，兩人乃素識，算得上有深厚交情，不用說客氣話。

悉薰滿懷感慨的道：「沒想過起程遲近兩個月，竟比林壯的送禮大隊早來三天，令我不知多麼尷尬，也嘗盡人情冷暖，幸好得廷事丞熱情接待，並告訴我待林壯等人抵達後，事情將出現轉機。」

龍鷹心呼罪過，問道：「林壯大將如何解釋姍姍來遲的原因？」

悉薰苦笑道：「他將責任推在鷹爺身上，由成都到揚州，全是與鷹爺關係密切的大臣、將帥，莫不熱情款待，盛情難卻下，盤桓了多點時間，沿江這麼多城鎮，不知不覺間便遲了，又沒想過我採短線趕來。唉！就是那麼樣。」

林壯祭出龍鷹做擋箭牌，令悉薰哭笑不得，看他敘述時的表情便清楚，也知悉薰曉得林壯和其兄弟，與鷹旅的豬朋狗友，拉大隊去花天酒地。幸好事情圓滿地開花結果，為吐蕃立下大功的悉薰，再沒興致和假公濟私的林壯等人計較。

悉薰吐苦水道：「初到的三天非常難捱，接國書的是貴國外務省的次級官員，安排我和隨員入住外賓館後，像給遺忘了，又有人暗示和親一事在目前情況下不可能成事，弄得我的心情很壞。」

龍鷹道：「接著呢？」

悉薰道：「接著是廷事丞大人親身來訪，暗示與鷹爺的關係，告訴我林壯正坐船來京，又指待林壯的隊伍到，和親的事將柳暗花明，出現轉機。最實在的是廷事丞大人安排我和隨員住入興慶宮，令我清楚他非是空口白話，而是真有辦法的人。」

龍鷹問道：「你清楚廷事丞本人的身份嗎？」

悉薰道：「到真正磋商和親事宜時，方曉得他為皇族的人，封邑臨淄，今次和親之所以談得成，全賴他全力斡旋。」

龍鷹心忖該為全力賄賂。

這方面，林壯瞞著悉薰，因非是有顏面的事，龍鷹當然不揭破。

悉薰道：「很神奇，林壯到後的第十天，我竟得到貴皇和貴后親自接見，並初步得到他們同意婚事，接著事情順利至教人難以置信。後天在內苑舉行盛大的慶典後，我們便迎金城公主返吐蕃去，悉薰謹代表敝主和大論，對鷹爺的高義隆情致以最深感激。」

龍鷹道：「歡送的盛典我不宜參加，我們的接觸亦宜少不宜多，我藉此機會與大人說一聲一路順風，珍重珍重。」

兩人伸手緊握，一切盡在不言之中。

宋言志道：「大事不好，越家給符君侯挑了。」

龍鷹失聲道：「甚麼？」

他甫進宋言志的書房，尚未坐穩，宋言志便給他來個晴天霹靂，震得龍鷹魂飛魄散。

整個頭皮發著痲，心房如給一個大鐵錘一下一下的敲打著。

越孤乃嶺南第一人，家底深厚，財雄勢大。符君侯初到嶺南時，還投靠過他，後來方脫離越家自立門戶，創立梅花會。

雖知梅花會不住擴展，卻從未想過可強大至能硬撼越家，獨尊嶺南。

宋言志的聲音在他耳鼓內響起道：「事情發生得非常突然，符君侯以雷霆萬鈞之勢，突襲在廣州越孤的老家越家堡，事前竟沒傳出半點風聲，攻越家一個措手不及。」

龍鷹見過的是越孤之子越浪，未見過越孤，卻有神交知己的味兒，雙方惺惺相惜。

宋言志續道：「據說攻、守兩方死傷極重，直至符君侯當眾向越孤叫陣，多處受創的越孤悍然應戰，被符君侯的長槍貫胸而亡，越家的高手死士方崩潰敗散，過程非常慘烈。」

龍鷹既為越孤之死痛心，又開始擔心穆飛。

穆飛的任務，就是與越孤之子越浪攜手合作，明查暗訪嶺南人口販賣的情況，掌握清楚後，當龍鷹到嶺南時，有方向可循，有力可施。

穆飛當時是否在越家堡裡？

此驚天突變，將徹底改變嶺南黑白道的勢力架構，令梅花會成為當地實力最大的幫會，一統嶺南的江湖。

符君侯則取越孤而代之，成為嶺南第一人。可想像符君侯吃虧於龍鷹手上後，避往嶺南，沒一刻停下來，自強不息。此人天份極高，加上刻苦砥礪，就在擊潰越家上，顯露其精進勵行的成果。

龍鷹壓下心內傷痛，收攝心神，問道：「有沒有越孤之子越浪的消息？」

宋言志道：「我為此問符君侯一個有份參與此事的手下，以他所知，越孤出來和符君侯決戰時，其子越浪在一批精銳保護下，從堡下秘密地道離開，自此不知所終。」

龍鷹暗罵符君侯卑鄙。

這表面看來一對一的決戰，並不公平，越孤渾身浴血，精元接近油盡燈枯，符君侯則持盈保泰，於最佳狀態下擊殺越孤，贏得嶺南第一人的美譽。

也稍放下心事，穆飛縱然在場，逃出的機會極大。越孤義薄雲天，定關照他龍鷹的人。

不由佩服花間美女確有先見之明，清楚嶺南乃凶潭惡澤，動輒有喪命之險，遂傳穆飛「不死印法」。

穆飛理該領越浪逃往花間美女在嶺南的秘巢去，好得她庇護。

龍鷹道：「符君侯竟有能鎮懾凌駕嶺南各股勢力的力量？」

宋言志道：「梅花會固然擴展得很快，符君侯主要得力於有南王之稱的嶺南節度使婁寅真的密切關係，他們結為拜把兄弟，令符君侯一登龍門，聲價百倍。」

龍鷹倒抽一口涼氣道：「竟有此事！」

憶起與台勒虛雲早前的對話，他指出，儘管江湖爭霸，一旦牽涉官府，最後仍須在政治的層面解決。

問道：「香霸今趟幹嘛派你去嶺南？」

宋言志答道：「因符君侯除販運人口外，還想開闢私鹽的生意。」

龍鷹道：「這正是符君侯攻打越家的原因，一天有越家在，符君侯仍沒法做鹽梟的龍頭老大。最賺錢的私鹽場、鹽線全掌握在越孤手上。」

宋言志不屑的道：「想代替越孤，豈是容易，嶺南種族眾多，地形複雜，地方勢力盤根錯節，只有像越孤般既德高望重、慷慨俠義的人物，經數十年來的努力，方能開出如此豐碩的成果。近年來，越孤已轉上做正行生意之路，在越浪的輔助下，做得有聲有色。今次符君侯以血腥的手法毀掉越家，嶺南很多人不以為然，若非有婁寅真撐符君侯的腰，早群起反抗。」

龍鷹問道：「符君侯在嶺南聲譽如何？」

宋言志道：「符君侯之所以冒起得這麼快，主要在人口販賣方面，緊扼著出嶺南的幾道輸出線，可將男女奴賣往全國的富家和權貴，在這方面無人能及，當然，沒官府的點頭，符君侯休想辦到。」

接著悲憤的道：「比起其他惡名昭著的人口販子，符君侯尤有過之，喪盡天良，人性泯滅，手段極端殘忍不仁，不知多少良民的大好家庭毀於他手上，天人共憤。鷹爺！請為嶺南的黎民作主。」

龍鷹在附近的房舍找了個屋脊坐下來，久久不能自已。

前塵往事湧上心頭。

在飛馬牧場與越浪和敖嘯說的每一句話，猶似昨天剛說過，自己表現得豪情壯氣，如只要他龍鷹到，嶺南群惡莫不俯首稱臣，現在方曉得是多麼的脫離現實。

如果自己能趕在越家堡遇襲前到嶺南去，現在是怎麼樣的一番情況？

這麼的想，於事無補，偏腦袋不受控制。一陣又一陣灰心喪氣的低落情緒，潮浪般沖擊著他的心神。

在現今的情況下，這些都是不該想的，更是竭力要避免想的事情。

由飛馬牧場的「飛馬節」到眼前此刻，他從未有機會歇下來。勉強算，惟有到洱海會妻兒那段時光。洱海之行是必須的，否則現在「龍鷹」的身份早被揭穿。

過高或過低估計敵人之錯誤的嚴重性，差之毫釐，謬以千里。

因符君侯曾為他的手下敗將，不經意下並不把他放在心上，沒法估上須優先處理的位置。若非嶺南成為大江聯最後的主命脈，或許他沒理會的閒情。

現時當然是另一回事。

不過，在目前不可能抽身的情況下，他最聰明的做法，是盡力控制心內的恨火和懊悔，把這種折磨人的情緒壓下去，還要提醒自己，在西京的鬥爭若然以己方的慘敗告終，遠征嶺南的行動亦同告完蛋。

沒一件事不緊密牽連。

龍鷹熟門熟路的穿窗而入，坐到披上長睡袍的獨孤美女之旁，訝道：「倩然在等小弟！」

對看不到睡袍下的動人玉體，說不失望就是騙人的，從沒有這一刻，他更需要她。只有看著她因自己的親吻和愛撫，顯露出百媚千嬌、無有窮盡的情狀，方能令他忘掉冷酷無情的現實。

就在這個特殊的心態下，一股比以往任何時候更為強烈的激動，佔據龍鷹的心神，令他更渴望得到睡袍覆蓋下美至無以復加、曲線優美迷人的胴體。

多麼希望可一下子將她從椅子抱起來，離地懸空轉一圈，然後放到美人兒的秀榻去，忘掉一切的抵死纏綿，把心中的悲痛、無奈徹底釋放。

明天，他將把嶺南的事置諸腦後，直至能分身的機會來臨。

但是，他沒這般做，離天亮已不到半個時辰，還要長話短說。

獨孤倩然含情脈脈的打量著他，露出甜甜的笑容，天然地現出玉頰的兩個小梨窩，輕柔的道：「睡了一覺哩！還以為你會早點來，醒後再睡不著，只好坐起來，好好的想你。」

龍鷹苦笑道：「不是不想早些兒來，再一次享受給倩然勾進被窩內的香豔遭遇，而是造化弄人，結果仍是來遲了。」

獨孤倩然兩邊臉蛋同告燒紅，嬌嗔道：「誰勾你進被子裡？是你硬闖進來的。」

男女愛戀，何來青紅皂白之分，有理也說不清，無理反理所當然。

龍鷹感到繃緊的腦筋鬆弛了些兒，道：「甚麼都好，下次倩然剛上榻小弟便來，再硬闖一次被窩。如何？」

獨孤倩然輕描淡寫的道：「腳是長在鷹爺身上，天下間更沒人有攔得住你的能耐，鷹爺早來遲來，哪到倩然說話。」

龍鷹滿足地歎息一聲，際此一刻，他成功驅除了令他想得不勝負荷、心疲力累的千緒萬念。

獨孤倩然似怕了龍鷹捉著這個話題調侃她，岔開道：「李隆基確非比尋常的人物，加上你從南方籌回來的，差點足數哩！原本沒人看好，現在人人啞口無言。」

龍鷹道：「倩然今天見過公主？」

獨孤倩然悠然道：「是她來訪。公主太興奮，沒法坐定，而倩然是她可傾訴心事的人。」

又道：「當然興奮，依倩然猜，拿一萬兩黃金來辦婚事足夠有餘，其他盡落入她們母女的私囊，故此她們不知多麼欣賞你的『范輕舟』和臨淄王。」

龍鷹問道：「倩然和臨淄王有接觸嗎？」

獨孤倩然搖頭表示沒有，道：「從公主處聽回來的，臨淄王可以玩得很瘋，想不到辦起籌款，竟可像辦國家大事般雄辯滔滔，八面玲瓏，深得娘娘和公主歡心。」

龍鷹問道：「倩然如何說服公主用他？」

獨孤美人兒微聳香肩，道：「公主正為你去後找何人籌款煩惱時，人家乘機告訴她，最好找個皇族的人，才算師出有名。」

龍鷹衷心讚道：「妙！」

獨孤倩然垂下螓首，低聲道：「如果鷹爺今晚不來找人家，倩然將非常失望。」

下一刻，龍鷹發覺自己彈起來，移到美女椅子前，探手把火熱辣的胴體攔腰抱起，擁入懷裡，摟得美人兒的小蠻腰差點折了。

龍鷹貪婪地吻她臉蛋，親她的秀項。

唇分。

獨孤倩然緊抱著他，探手摸他的黑髮、鬍子、臉頰，因龍鷹嘴唇的探索，不住抖顫。

他們真正地又在一起。

龍鷹歎息道：「小弟今天來是向倩然報喜。」

獨孤倩然頭往後仰，方便龍鷹吻她修美的玉頸，一雙秀眸勉強睜開少許，抖著聲音道：「是何喜訊？」

龍鷹道：「幸不辱命，小弟為獨孤善明一家討回公道，幹掉了主兇練元。」

獨孤倩然道：「真的嗎？」

龍鷹道：「千真萬確！」

獨孤倩然撒嗲道：「倩然要聽故事呵！」

龍鷹斬釘截鐵保證道：「三天之內，小弟必再探倩然香閨，這回初更前來說倩然最愛聽的故事。」

第七章　故人北來

龍鷹一覺醒來，日已過午。

神智雖回復清晰，一時卻不願起來。

嶺南之變首先閃過腦際，旋又被他硬壓下去，改為想些較有益身心的事。花落小築靜悄悄的，伺候他的年輕侍臣不在小築的範圍內，充盈午後的寧和。

天氣轉寒。

冬天哩！

西京亦進入它政治的寒冬。

顯而易見，龍鷹本該忙碌的一天，意外地偷得浮生半日閒。有關人等如李隆基、高力士和宇文朔三個最該來找他的人，並沒有來找他。可想見「雁行之計」正如火如荼的進行，個個難以分身。

在現今的形勢裡，尤突出睡覺的效益，南柯夢醒，人世的事已不知翻了多少番。

難得才有空出來的時間，該如何好好打發，這是個新鮮的感覺。

與林壯等兄弟早有約定，到西京後盡量避免接觸，以免落入敵方探子眼裡。興慶宮的侍臣經高力士特別安排，是可靠的，可是宮衛則難保有給韋宗集團收買了的人混在其中，小心點總是好的。

宗楚客現在對李隆基持何種態度？龍鷹想知道。

閔天女仍在西京嗎？昨天他問少一句，否則現在便曉得答案。

或許，可趁此機會到七色館和香怪等一眾兄弟打個招呼，了解香料買賣的情況。然後，該是拜訪无瑕的好時光了。

想到這裡，從榻子彈起來。

從七色館走到街上，心內溫暖。

七色館從無到有，創造了香料界的神話，其「七色更香」更是名聞全國，也令七色館成為遊人必到之地，這是多麼了不起的成就。

香怪收了五個徒弟，傳授製香秘技，原來他已有金盆洗手之意，並在關西買了塊土地，興建他心目中的理想家園。

創業時的舊人，由於起始時辛勞過度，大多有倦勤之意，退下前線，因而引進了很多新人。

人人賺個盤滿缽滿，年紀又個個不小，返田園享點清福，人之常情。

走不了幾步，再次生出被注視的感應。剛才離開興慶宮，他有同樣感覺，可是，當他展開魔感，感覺離奇消失，曉得監視者乃類近无瑕般級數的高手。

此刻感應又來了，且斷定為同一人。

龍鷹別頭瞧去，於午後稀疏的行人裡，捕捉到一閃即逝的雄偉背影。

龍鷹心領神會，掉頭而行，見對方沒入的舖子是間茶室，毫不猶豫進入。

茶室內客人不多，十多張桌子，零星坐著七、八個茶客，神態悠閒，人人一副天塌下來沒閒去管的神態。

一人獨坐一角，帽子壓著眉毛，正朝他現出笑容。

龍鷹大喜來到桌前，在他對面坐下，先應付了來招呼的店伙，歎道：「寬公別來無恙。」

竟然是曾為突厥國師的寬玉。

寬玉欣然道：「我到西京近一個月，終於見到輕舟，還以為不知須等多久。」

龍鷹關心的道：「羌赤、復真等兄弟近況如何？還有雄哥、明罕等。」

寬玉道：「大家都很好，我們在山海關的買賣愈做愈大，然而你想不到的，是我反在這時候生出急流勇退之心，因為這並非我做人的目標。」

龍鷹訝道：「那寬公想幹甚麼呢？」

寬玉脫下帽子，露出魁偉奇特的面容，道：「經過這麼多年養尊處優的日子，大夥兒對大江聯的仇恨都丟淡了，只有我是唯一的例外。」

又道：「有些事是勉強不來的。」

龍鷹喜道：「這才正常嘛！」

接著道：「寬公的心情，我是明白的。」

寬玉感慨萬千的道：「以千計的族人，能成功返回西域，還因默啜勢弱，無暇理會，讓他們無驚無險地各自回歸本族，完成夢想，是令我們心內仇恨轉淡的主因之一。」

龍鷹歎道：「真好！」

寬玉道：「全賴輕舟排除萬難，才能玉成他們的心願，回想起來，無人不暗抹一把冷汗，心呼僥倖。確精采絕倫。」

龍鷹道：「聽寬公的語氣，是否要結束在山海關的經營？」

寬玉道：「任何事幹久了，都可變得索然無味，因那並非我們習慣和憧憬的生活，只有塞外的大草原，才為我們理想的寄身之所。故此當我提出結束山海關業務的建議，竟人人贊成。」

龍鷹道：「你們打算何時返塞外去？」

寬玉道：「他們早離開了，有小部分在當地娶妻生子的，留下來在幽州一帶生活。」

龍鷹擔心的道：「他們是否回歸突厥本族？」

若然如此，將來和默啜的終極一戰，大可能與他們在戰場相遇。

寬玉明白他的憂慮，道：「輕舟可放心，到中土來的族人，絕大部分屬附庸於突厥本族的弱小民族。對外人來說，他們是突厥人；但對默啜來說，則為外人，是可犧牲的。」

說到最後一句，語氣透出深刻的恨意。

對被默啜出賣，他始終不能釋懷。

續道：「默啜今趟被輕舟大敗於河曲，對他聲譽的打擊無可估量，亦令以百計以前在他高壓統治下的弱小民族離心，紛紛往遠處遷徙，欺其鞭長莫及。這是第二個令我們感到是時候回去的原因。」

又笑道：「直到今天，我們仍是託輕舟之福。」

龍鷹心裡欣悅，沒想過河曲之戰，對一眾突厥兄弟可起此妙用。

忍不住問道：「復真和翠翠留下來還是到大草原去？」

寬玉道：「翠翠天天聽復真述說大草原的諸般好處，既被說得心動，更清楚復真心意，當然嫁雞隨雞，相偕返塞外去。」

龍鷹吁一口氣，為老朋友高興。

沒了仇恨的羈絆，立可迎來生命裡的春天。當年在山海關見到他們，士氣昂揚，一副大展拳腳的姿態，怎想過這麼快離開。

問道：「寬公有何打算？」

寬玉道：「台勒虛雲刻下是否在西京？」

龍鷹道：「他在這裡，情況異常微妙。」

寬玉道：「願聞之！」

龍鷹沒隱瞞的，盡告寬玉自己與台勒虛雲角力的過程。

寬玉聽罷，逕自沉吟，好一陣子後，道：「此正為我到西京找輕舟的原因，就是掌握時機。」

又沉聲道：「依估計，與台勒虛雲的對決，將發生於何時？」

龍鷹欣然道：「有寬公在我們一方，大增我方勝算。照目前的形勢發展，在一段很長的時間內，我們和台勒虛雲仍處於合作關係，須到韋后、宗楚客伏誅，相王登基，情況始告分明。但這仍須一段時間，我們和台勒虛雲的直接衝突，方浮上水面。」

寬玉道：「我曉得不可能做出準確的估計，然可否給我一個大約時間？」

龍鷹頭痛的道：「這個對寬公很重要？」

寬玉道：「若有足夠的時間，我想走一趟塞外，回去見我的子子孫孫，享受一段令我夢縈魂牽的草原生活，觀草浪，嗅草香，尚有何憾？」

龍鷹笑道：「寬公放心去好了，你期盼的日子，絕不可能在一、兩年的時間內發生。嘿！就以兩年為期。如何？」

龍鷹脫下棉外袍，脫掉靴子，躺到无瑕的秀榻去，掀被安眠。

无瑕至少有幾天沒在此榻睡過，因嗅不到她殘餘下來的幽香。

柔夫人、湘夫人遠走他方，无瑕會否因而感到寂寞？至少該不大習慣吧！

今天她回來的機率不低，因曉得自己定來找她，除非她不在京。

想著想著，不自覺的打了個呵欠，提醒龍鷹今早雖睡了一覺，顯然不足。在平常情況下，足夠有餘，可是現在並非一般情況，而是在无瑕的繡榻擁被而眠，整個人放鬆下來，下一刻，他進入夢鄉。

二更的更鼓聲把他喚醒過來。

他奶奶的！

无瑕到哪裡去了？

龍鷹坐起來，移到床緣穿靴。

剛才睡著時，是黃昏時分，這一覺睡了足有幾個時辰，感覺煥然一新。到哪裡去好？以他答應獨孤倩然的標準，今晚夜訪她香閨算是遲了，幸好還有兩個晚上。想想也感自己的荒唐，坐在无瑕的榻子上，想的卻是另一位美人兒。男人就是這副德性，得隴望蜀，千古以來，一向如是。

披上外袍，出房，在天井處騰身而起，落在瓦面，來個飛簷走壁，片刻後已抵離无瑕香閨十多所房舍的一座民宅瓦脊處。

車輪聲、蹄踏聲從東南方的街道傳來。

照其方向，該是往曲江池的芙蓉園去。

龍鷹橫豎無事，展開潛蹤匿跡的本領，忽高忽低的循聲音來處追去，半盞熱茶的工夫後，他伏在一處民宅之頂，車隊進入他視野。

夜來深赫然入目。

前八騎、後八騎，護送一輛式樣普通的馬車，朝前方的曲江池馳去。

夜來深神情肅穆的緊跟馬車之後。

這批騎士與龍鷹曾見過的夜來深手下不同，都是生面孔，然個個神氣內斂，顯然莫不是一流的高手。

車內何人？這麼大陣仗。

就在此時，腦海內浮現形相。

我的娘！竟然是韋后，這麼夜到宗楚客處，若無十萬火急之事，誰信？換過平時，韋后愛到哪裡去，就到哪裡去，誰管得著她？此刻偏鬼鬼祟祟的，耐人尋味之極。

如非曉得无瑕不在西京，到湖內秘道遇上无瑕可能性很大，此刻是想也不用想。唯一願望，是韋后不是因春情動而往找宗楚客偷情，若是，將白走一趟。

今回龍鷹做足工夫，方掀蓋而出。

上次因大意，觸動九野望的靈應，差些兒給他逮個正著。

宗楚客在何處接待韋后，為未知之數，看來未必在上次和老田說話的水榭，因榭內全無動靜。

依道理，該是環湖十多座建築的其中之一，如此方可襯托韋后尊貴的身份，而不會像招呼他般隨便找個偏廳。

倏有發現，右邊湖岸的一座二層樓房，崗哨明顯地增加了。

龍鷹在假石山內以手代足，匍伏而行，片刻後滑進湖水裡，直潛至湖底，純以腳底噴發的魔氣，橫過十多丈的距離，這樣亦不虞發出水響。

龍鷹貼著湖邊，冒出頭來。

魔感剎那間提升至極限。

小樓下層傳來諸般聲音雜響，他聽覺的天地是如此豐富，不用眼看，可構建出小廳內的情景，似如目睹。

宗楚客和韋后進入廳內，婢子奉上熱茶後，退出去。

上層應是寢室，大可能是老宗和淫后歡好作樂的老地方，老宗或許摸不清韋后來意，依習慣領她到這裡來。

韋后呷兩口熱茶後，狠狠道：「上淵是怎麼弄的，殺個人都辦不到。」

龍鷹暗吃一驚，殺人？惡后要殺的是哪一個？

宗楚客訝道：「娘娘竟是為范輕舟的事來，今趟他又在哪方面觸怒娘娘？」

龍鷹反放下心來，殺自己嘛！儘管放馬過來。亦心知肚明，韋后是嗅到「雁行之計」燒焦的氣味。

韋后這麼快生出警覺，出乎龍鷹意料之外，以李隆基的謀深智廣，沒可能不到兩天便洩出風聲。

韋后咬牙切齒的道：「每次他返京，都不會有好事發生。上次還可說韋捷那小子不爭氣，給人拿著把柄窮追猛打，不但丟了官，還被李清仁鵲巢鳩佔，代之成為右羽林軍大統領。」

宗楚客緊張的問道：「今次又發生何事？依楚客所知，皇上接見他不到一刻鐘，范輕舟便告退離開，之後亦沒任何特別的事情發生。」

韋后道：「你可知當晚太平漏夜入宮見皇上，由初更談至二更，接著太平還到掖庭宮去會相王，天明時才離開。」

宗楚客駭然道：「竟有此事？」

韋后不屑的道：「太平以為可瞞得過本宮，太小覷本宮了。」

龍鷹暗歎一口氣，這是算漏了招，此招名為「人性」，乃台勒虛雲智計的核心。李隆基做足保密的工夫，故韋后茫不知他從中推動。然而，事關重大，太平又一向不信任李隆基，故將事情拿到手中，親自入宮向李顯問個究竟，到證實後，接著去找李旦說話，因而洩出風聲。

李顯犧牲睡覺的時間和妹子談這麼久，極不尋常，敲響韋后的警鐘，認定是繼爭奪右羽林軍大統領之位後，皇族聯手的另一次大反撲。

這麼巧的，每次均是范輕舟從外地返京時發生，慣了宮廷鬥爭的韋后，直覺感到是范輕舟在弄鬼。她確猜對。

宗楚客道：「范輕舟離宮後不知所終，可肯定的是沒到曲江池來，更絕沒到過太平的莊園。」

韋后道：「我有很不祥的感覺。」

宗楚客不解道：「娘娘今早為何不和楚客說？」

韋后道：「因尚未肯定，遂使人吩咐翟無念和京涼全面監察太平的動靜，入黑後終有消息傳回來。」

翟無念為長安幫的頭子，京涼是關中劍派在京的代表人物，屬新一代的高門大族，有別於宇文、獨孤等歷史悠久的世族。

聽韋后口氣，這些人已成為她的走狗。

宗楚客開始感到事情的嚴重性，沉聲問道：「有何消息？」

韋后道：「太平私下去找姚崇說話。」

龍鷹對姚崇印象深刻。

姚崇乃「神龍政變」的骨幹份子之一，與張柬之、敬暉、袁恕己、桓彥範、崔玄暐等後來被冊封的所謂「五王」，合謀推翻女帝。眾叛裡以他最有先見之明，於逼女帝退位時，當場痛哭，女帝問他何事哭泣，姚崇答道：「誅凶逆者，是臣子之常道，豈敢言功；今辭違舊主悲泣者，亦臣子之終節也。」也因這番說話，李顯即位後，被握大權的武三思外調。豈知正因如此，使他避過與五王同樣的厄運，保住小命。

以智計論，除過世的狄仁傑外，大唐朝無人能及。

第八章　韋宗夜話

沒想過的，姚崇刻下竟然在京。

宗楚客道：「姚崇何時來京的？」

韋后道：「河曲之戰後皇上對姚崇一直念念不忘，說他重君臣之義，屢次想召他回來任相，均被姚崇婉拒，皇上也不敢逼他，到李重俊之亂塵埃落定，他又向本宮重提舊事，今回卻非任官，而是賜他修德坊一所大宅。姚崇兩個月前回來，在本宮攔阻下，未見過皇上。」

宗楚客沉吟道：「太平為何去見姚崇？」

韋后道：「你來告訴我吧！」

宗楚客該在苦苦思索，沒答她。

韋后道：「多少和太平昨夜與皇上的密談有直接的關係。」

接著道：「今天本宮故意到麟德殿去，看皇上的情況。」

宗楚客道：「如何？」

韋后道：「表面上和平時沒兩樣，可是怎瞞得過本宮？皇上似下了某一決定，眼神堅定。本宮和皇上說及大婚的事，特別提起范輕舟返回南方籌款的事，誇獎了范輕舟幾句，皇上卻心不在焉，還有點不耐煩。」

龍鷹心忖此女人確夠奸狡，對自己的夫君用心術，不念半點夫妻情義。聽她提起李顯時，語調冰冷，像說著個毫不相干的人。

宗楚客終被說服，同意道：「很不對勁！」

又道：「皇上一句沒提太平嗎？」

韋后惡兮兮的道：「由本宮主動向他提出，問皇上太平為何漏夜來找他說話，有甚麼事不可待至明天？」

宗楚客緊張的問道：「皇上如何答娘娘？」

韋后道：「皇上說與春祭有關，太平想辦個追思武則天的盛大儀式，並著本宮勿追問下去。唉！自燕欽融一事後，本宮和皇上的關係很差，本宮亦不想逼他。」

宗楚客不解道：「依娘娘這麼說，范輕舟見皇上的時間很短，屬禮節性的會晤，為何娘娘認定他從中弄鬼？況且范輕舟與太平少有來往，太平亦表示過不信任范輕舟。」

韋后道：「不理李清仁是范輕舟直接或間接將他捧上大統領之位，始終與范輕舟脫不掉關係，憑此大功，太平理該對范輕舟另眼相看。」

宗楚客道：「可是范輕舟出宮入宮，未與李清仁有過接觸。」

韋后歎道：「本宮的感覺錯不了，一件針對我們的陰謀正在醞釀，否則為何太平早不去找姚崇，偏在與皇上密談後翌日見他。太平還整夜未闔過眼。」

宗楚客道：「確非常可疑。但姚崇可以起何作用？」

韋后沒好氣道：「此正為本宮來找大相的原因。」

宗楚客冷哼道：「姚崇現在的地位，有點似當年的『國公』狄仁傑，只是沒有名位和權力。太平找他，當然是問計，看如何可振作皇權。哼！而不論他們做甚麼，最後一著仍操控在我們手上。待上淵處理好關外的事回來，娘娘何時點頭，我們何時發動。」

龍鷹聽得心花怒放。

果如所料，毒后奸相，須待老田回來方可發動混毒之計，等於說明九卜女乃在目下唯一負責的人，而必須通過田上淵，始能指派九卜女出手。

他們猜不到太平找姚崇幹甚麼，他卻清楚知道，太平是為請姚崇動手寫這個關乎到大唐繼承人的奏章。

另一個有此才具者是上官婉兒，可惜太平並不信任她，視她為韋后、武三思的人，怎容上官婉兒有出賣她的機會。燕欽融事件的外洩，太平和李旦定將此帳算到上官婉兒身上。

韋后不耐煩的道：「在這個時候，上淵怎可離京？」

在宗楚客這個情夫面前，韋后不時透露有別於龍鷹印象中的她的真性情，躁急而欠缺耐性。

宗楚客苦笑道：「上淵在關外的兄弟遇到前所未有的重挫，損失慘重，故必須親往處理，穩定陣腳。娘娘放心，計劃成功後，一切困難均迎刃而解。」

韋后道：「范輕舟這邊離開，北幫那邊便出事，說與范輕舟沒關係，誰相信？」

宗楚客道：「也可以是有心人故意營造出如此假象。即使上淵，亦懷疑范輕舟是否有此能耐，太匪夷所思了。」

稍頓後，續道：「出手者，須經長期在旁默默窺伺，本身又有這個實力，鉅細無遺掌握北幫在關外船隊的調動，覷準時機，以雷霆萬鈞之勢，對準北幫要害予以沉重一擊。范輕舟既沒時間準備和部署，手上亦欠此實力，怎可能甫離京，立即尋到北幫的要害，狠施辣手？」

韋后道：「大相是指黃河幫或竹花幫嗎？」

宗楚客不屑的道：「黃河幫尚未成氣候，竹花幫若來是送死的份兒。楚客和上淵猜的是一直隱在秘處的大江聯，此亦為他們一貫的作風。當年黃河幫與北幫交戰之際，大江聯精確掌握，突襲上淵的帥艦，艦上雖有上淵坐鎮，且高手如雲，仍落得傷亡慘重的局面，可知大江聯有多可怕的實力。如此情況，今天重演一次，毫不稀奇。」

龍鷹心裡大樂，你們肯這麼想，理想不過。

韋后不悅道：「這麼多年哩！對大江聯竟全無辦法？」

宗楚客道：「天下這麼大，他們刻意隱藏，令我們茫無頭緒。不過，情況正顯示他們給我們成功排斥於西京之外，只能在關外搞風搞雨。」

又問道：「娘娘有否從皇上的左右打聽情況？」

韋后道：「今天本宮先後和高大及上官婉兒說過話。高大肯定太平是不請自來，離開時，太平雖顏容疲倦，卻難掩發自心內的喜悅，並著車伕送她到掖庭宮，似沒考慮相王早已就寢。」

聽韋后的語氣，她對高力士有一定的信任，高力士則表現得恰到好處，即使將來監國一事曝光，仍與高力士的通風報訊吻合。

「雁行之計」乃龍鷹福至心靈的神來之筆，以韋后對李顯的嚴密監視，仍沒法從表象瞧穿內裡玄虛。

宗楚客亦對連串事件摸不著頭腦，關鍵處來自李旦本身，一向畏縮懦弱的他，令人無法想像有一天他敢挺身而出，將自己放在刀尖浪峰的險地，對抗韋宗集團。

李顯的痛下決心，提起反抗惡后的勇氣，亦是出乎所有人意料之外，包括龍鷹。燕欽融一事對李顯生出最大的衝擊，遂成「逼虎跳牆」之局。杖殺燕欽融之所以弄巧反拙，原因在李顯尚有「范輕舟」這個可倚仗之人。

韋后續道：「上官婉兒對太平夜見皇上，毫不知情。」

宗楚客道：「上官婉兒可靠嗎？」

韋后道：「上官婉兒是識時務的人，一直較傾向本宮，是習慣了伺候武則天呵！」

宗楚客道：「明天我親自去和姚崇說話，諒他不敢隱瞞，楚客會暗示他，如敢開罪娘娘，休想活著離開。」

韋后道：「一天皇上尚在，絕不可動姚崇半根寒毛，本宮不想和皇上再來另一次衝突。」

此狠毒女人顯然對燕欽融一事頗有悔意。「春江水暖鴨先知」，她最能體會李顯對她的改變。

宗楚客道：「楚客會小心處理。」

龍鷹一點不怕姚崇出賣太平，此人乃政治老手，應付宗楚客般比起他來嫩得多者，綽有餘裕。

姚崇肯遠道回京，本身已是表態，代表他仍熱中政事，希望有大展所長的機會。

之所以拒絕李顯任命，也像上官婉兒般識時務，清楚現時由韋、宗把持烏煙瘴氣的政壇，不宜沾手。

宗楚客柔聲道：「娘娘累了，到樓上休息好嗎？」

龍鷹聽得寒毛倒豎，也為宗楚客難過。

韋后沉默片晌，道：「今晚本宮到裏兒處去。」

龍鷹知是時候離開。

繼上次竊聽後，今夜是另一次大豐收。

龍鷹返回興慶宮，沐浴更衣，沒想過的，宇文朔來了。

兩人到樓下小廳說話。

龍鷹訝道：「朔爺一直在等小弟？」

宇文朔道：「可以這麼說，和臨淄王說話後，我到林壯等入住的南薰殿逗留了一陣子，並著人在你回來時知會我。」

龍鷹抓頭道：「好像大家都不用睡覺似的。」

宇文朔道：「林壯和眾兄弟情緒高漲，大家集腋成裘，花不過區區五千兩，卻換回天大功勞，悉薰又肯為他們的失職敗德守口如瓶，不知多麼高興，誰肯乖乖登榻睡覺。」

龍鷹道：「南薰殿怎夠這麼多人住？」

宇文朔道：「高大還另外開了大同殿和交泰殿招呼他們。」

龍鷹問道：「臨淄王呢？」

宇文朔道：「和我說畢，他又匆匆趕往掖庭宮去，我則留下來向你報告最新情況。」

龍鷹問道：「情況如何？」

宇文朔道：「先說皇上的情況。」

龍鷹暗讚宇文朔懂把握重心，因如李顯不穩，所有努力將盡付東流。

宇文朔道：「皇上的確變了，十多天沒飲酒作樂，黃昏時召我去說話，令我請老兄你明天早朝後入宮見他。」

又道：「依我猜，皇上需你為他壯膽。」

龍鷹失聲道：「這叫變了？」

宇文朔道：「今次是不同的，他在堅持著，更清楚一個不好，皇弟、皇妹都要作陪葬，皇上還有何顏面見聖神皇帝在天之靈？」

龍鷹暗忖李顯肯定見不著女帝。

道：「皇上曉得娘娘會害死他嗎？」

宇文朔道：「任皇上如何糊塗，長公主必然在此事上說服他，因有前車之鑑。現時娘娘選擇的，正是聖神皇帝當年走過的路。亦可以這般說，即使皇上仍有懷疑，燕欽融的事猶如當頭棒喝，將皇上震醒過來。」

接著續道：「曉得武三思死於田上淵和宗楚客之手，令皇上再沒有絲毫安全的感覺，清楚同樣的厄運將發生在自己身上，此時不反擊，更待何時。不過，性格是沒得改的，如高大所言，皇上需要另一個武三思，那個人就是你。」

龍鷹聽得渾身不自在，道：「皇上真的視我為另一個武三思？」

宇文朔道：「河曲之戰，大幅提升范爺在皇上心內的地位，毫無懷疑范爺乃忠心愛國之士。原本范爺並無參戰之責，卻肯為皇上出生入死，故令皇上在危難臨身的非常時刻，對范爺生出倚仗之心。」

龍鷹笑道：「這麼說，感覺上好一點。」

宇文朔道：「臨淄王說，最辛苦艱難不是與他王父說話，而是長公主。」

龍鷹道：「無論如何，長公主給他說服了。」

宇文朔訝道：「你怎曉得的？」

龍鷹道：「因長公主昨晚入宮見皇上，接著見相王，今早又去找姚崇。」

宇文朔一臉訝色的瞧著他。

龍鷹順便向他交代今夜竊聽老宗和韋后對話的事。道：「直至此刻，我們仍佔得上風，敵人既不曉得臨淄王的秘密串連，更不敢肯定練元是否給我幹掉，對我們的『雁行之計』，摸不著半點邊兒。」

又問道：「說服長公主，為何如此困難？」

宇文朔道：「關鍵在臨淄王不可以暢所欲言。」

接而沉吟道：「如何應付對方提早行動？」

顯然宇文朔較關切這件事，若讓對方得逞，甚麼好計亦告泡湯。

龍鷹仍在琢磨宇文朔所說的，李隆基對太平難暢所欲言的說法。

對！

李隆基看得透徹，知其姑母不論膽識、智計均直追女帝，對政治有極大野心。雖是親兄，肯定心內看不起李顯，更瞧不起其王父，假若李隆基脫胎換骨似地變成另一個人般，表現得鋒芒畢露，必招太平疑忌。

他龍鷹反沒想過這方面可引發的危機。

答宇文朔先前的問題道：「幹掉九卜女如何？這是目前我們唯一拖延皇上死期的機會。說不定可延至安樂大婚之時，兩個月時間，夠我們做妥很多事。」

宇文朔皺眉道：「皇上怎容我們對付他信任的按摩娘，且是武三思生前推介的？」

龍鷹道：「我們就祭出活的證據來，讓皇上親眼目睹他的御用按摩娘乃深藏不露的高手，如何佈局方可萬無一失，我們可仔細斟酌。」

宇文朔聽得精神大振。

龍鷹補充道：「幹掉她後，我們嚴格限制可接近皇上的侍臣、宮娥和內官，在這情況下，只有大婚時的特殊形勢，對方始再有另一次下手的機會。對付九卜女的時機須拿捏準確，不早不晚，最能令敵人心驚膽戰，疑神疑鬼，於老田、老宗來說，就是九卜女忽然人間蒸發，消失無蹤。」

宇文朔道：「就這麼決定。」

接而道：「李隆基和皇上密議後，先去見長公主。唉！在外廳等足個多時辰，始得長公主接見。不過，長公主肯定心生悔意，因白白浪費了光陰。」

龍鷹沒想過太平可如此冷待親姪。

宇文朔道：「到臨淄王低聲下氣，說明是奉有皇上密令而來，長公主才勉強遣開其他人，聽臨淄王說話。」

龍鷹笑道：「長公主造夢未想過，臨淄王帶來的是有關大唐李氏未來榮辱的建議。」

宇文朔道：「據臨淄王形容當時的情況，長公主起始的震撼過後，反覆質詢此議出自皇上還是臨淄王，我猜長公主壓根兒不相信是臨淄王想出來的。」

又笑道：「事實上她猜對了，因是你老兄想出來精妙如神的一著。」

龍鷹道：「臨淄王千萬勿感不好意思，必須堅持。」

宇文朔道：「臨淄王豈是不知大體的人？他堅持了，還說靈機來自目睹天上雁群遷徙的奇景，因而想出此『雁行之計』。」

龍鷹道：「這確是他想出來的。」

宇文朔道：「過得此關，還有另一關，就是回答若他王父坐上監國之位，可以起何作用？若只是增加政治爭拗，那就多一事不如少一事。」

龍鷹道：「長公主正苦無出路，驟見生機，怎肯放過？這麼說，旨在試探點子是否真的出自一向讓她看不起的臨淄王，若真的來自臨淄王的腦袋，臨淄王好該考慮過諸般利弊。」

宇文朔歎道：「還是范爺較我們明白她。」

龍鷹心中苦笑。

在「神龍政變」前，他自以為對太平有一定的了解，可是政變期間和其後，對他來說，太平便如陌路人。

第九章　再施神咒

宇文朔道：「臨淄王答她，眼前機會，實乃大唐皇室李氏最後一個機會，表面可打著『裁冗員、精架構』的旗號，一旦得皇上全力支持，監國握權在手，可跨過韋溫、宗楚客至乎娘娘，直接對文武百官進行天翻地覆的革新，等於大削韋宗集團的權和勢。」

「臨淄王又舉實例，如河間王想清除右羽林軍內的敵方奸細，可依自己心意上報監國，監國批核後交予皇上，皇上做最後簽押，如此等於架空了韋溫和宗楚客。」

宇文朔道：「最後臨淄王向長公主表示，此乃唐室危急存亡之秋，成敗決定於長公主一念之間，錯過了機會永不回頭，行動必須快，不容任何猶豫。」

龍鷹讚道：「果然有說服力。」

宇文朔道：「天亮哩！」

龍鷹道：「在西京之外，晝夜分明。西京之內，卻是晨昏顛倒，白晝和黑夜失去了明顯的界線。對我來說，現時的天明，像昨夜的延續。」

宇文朔道：「在戰場深處，這種晝夜不分的感覺最強烈，沒人理會晝還是夜，只知為存亡生死奮戰。」

接著微笑道：「范爺現在之所以有這個感覺，源於西京已變成個殘忍血腥的戰場。」

龍鷹動容道：「說得好！」

宇文朔道：「只有在特殊的情況下，始有特殊的體會，當你兩天兩夜未真正的睡好過，會想到平時沒想過的東西。」

又道：「說回長公主，當臨淄王豪情萬丈地說出這番話後，她給臨淄王打動了，著他到掖庭宮見其王父李旦，她則入宮謁見皇上，稍後到掖庭宮和他們父子商量。」

龍鷹道：「以他們父子一向惡劣的關係，加上相王對擔當大事的畏縮不前，說服他老爹該比長公主困難，但聽宇文兄的語氣，顯然非是如此。」

宇文朔道：「就看臨淄王對他老爹的理解有多深，李重俊的慘死，對相王是最強烈的警號，唯一憑恃，就是皇上，若皇上亦朝不保夕，他仍不奮起作戰，眼前美好的一切，勢如夢境般逝散。」

又沉聲道：「臨淄王正是反過來利用台勒虛雲的美人計，振起他的鬥志和雄心。」

龍鷹歎道：「我們的真命天子，命中了他老爹的要害。」

對任何皇族中人來說，不用解釋，亦清楚韋后走的是女帝的舊路，踏著李顯登上龍座，關鍵在其迫切性，是否尚有回天之力。

李旦為保著都瑾，保著所擁有的，別無其他選擇。

即使監國之位等於上刀山，他並沒回頭路可走。

何況他最聽王妹的話，太平於李顯處得到千真萬確的保證後，會來令李旦無法拒絕監國的大任。

宇文朔道：「臨淄王向相王說出『獨孤血案』的內情，指出是由太醫大人和本人經多年時間調查得來的結果，可隨時向本人查詢。」

龍鷹心忖李隆基發起威來，對他老爹確有一手。「獨孤血案」為李旦耳熟能詳的事，疑團重重，又有人證，不可能憑空杜撰。

聽到田上淵可以混毒殺人於無影無形，李旦不立即駭出一身冷汗，從溫柔鄉裡驚醒過來才怪。

男人與生俱有保護自己女人的天性，而李旦正處於這個特殊的情況下，有異於以往胡胡混混、得過且過的心態。

李隆基一矢中的。

兩個侍臣來了，為兩人準備早膳。

膳房傳來的諸般聲響，令他們感受著本離很遠的日常生活氣息。

宇文朔提議道：「吃飽肚子後，啟程入宮如何？」

龍鷹點頭同意。

龍鷹一看下，大吃一驚。

寢室外廳的李顯容顏憔悴，精神萎靡，滿臉病容。

壓根兒不用敵人動手，他自己便撐不下去，那時將九卜女連宰十次也沒用。

入來前，高力士警告過李顯的情況，只不過沒想到糟糕至此。

李顯不曉得龍鷹進來般，到龍鷹坐到他身側，方勉強抬起頭來，兩眼無神地瞥他一眼，喃喃道：「王太醫何時回來？」

龍鷹心忖幸好自己是其中一個醜神醫，令事情有救。道：「皇上還記得小民的天竺神咒嗎？」

李顯清醒了點，點頭表示記得。

龍鷹道：「今回請讓小民在皇上背後，按著皇上兩肩發功，尤有神效。」

李顯微微點頭。

在只得他們君民二人的寢廳裡，龍鷹移到李顯的椅後，探手按著李顯一雙龍肩。猶幸此椅非正式規格的龍椅，靠背與肩齊。

李顯一震道：「輕舟的手火般灼熱。」

龍鷹閉上雙目，魔氣以線形方式游入李顯的五臟六腑、奇正經脈，李顯內在狀況，如畫軸展卷，盡呈他心眼之下。

李顯並非真的發病，而是力圖反撲惡后、權相的龐大壓力凌逼下，又睡無好覺，今早硬挺著上早朝，用盡其所餘無幾的精力，離被病魔擊倒，不過一步之遙。

大唐天子是在病發邊緣。

以往樂天無憂的李顯，迭遭慘變，從武三思之死，到燕欽融被杖殺廷外，使他直面整個大唐皇族被連根拔起的危機，更痛心曾共歷患難的愛妻竟成皇位最大的威脅，其族人紛紛進佔要職，驕橫跋扈，為此心生驚怵，鬱結難解。任皇弟為監國，以反擊欲奪位改朝的龐大勢力，對他是沒法承擔的負荷，乃壓斷駱駝背脊的最後一根稻草。

此次若病發，以往靠符小子的醜神醫施盡渾身醫家解數，為他調理的身體，勢如洪流破掉符小子築起的防波堤般，全面崩潰。就此一病不起，嗚呼哀哉，毫不稀奇。

以醫家論，李顯就是五臟皆衰，筋骨解墜。

以戰爭論，就是不戰自潰，兵如山倒。

要憑一咒妙音回春，絕非易事，原因在大唐天子虛不受補，若令他只是亢奮一時，再崩潰下來，神仙難救。

今趟可說是對龍鷹荒廢已久的醫道，最嚴酷的考驗，成敗直接影響他們的「長遠之計」。

難度等若須憑此起死回生。

李顯的身體如一座城池，被強敵從四面八方襲來，堡牆處處缺口，佔盡優勢的惡敵潮水般湧入城池，守軍全面潰退。龍鷹卻要在這樣的劣勢下，以一聲咒言，喚起滿城死傷者，還要將敵人逐出城外。

難處可以想像。

幸好有過上次施展神咒的經驗，那次是通過咒音的波動，觸發李顯體內因外氣入侵致七零八落的魔氣奮起聚集成軍，重佔主導上風。

今趟則是逐步、逐分的將一股股的魔氣，送入李顯體內的關鍵位置候命。佈好陣勢後，一聲令下，可萬軍齊發反擊敵人。

答道：「請皇上放鬆，再醒來時，病魔將永遠離開皇上。」心道不成功便成仁，如從死亡裡復生兩次的魔氣，仍起不到作用，那就是天亡大唐。

先以至陰的道勁，從左手心送出護著李顯心脈，然後展開施咒前不可缺少的準備工夫。

龍鷹今次的理論基礎、施術方針，一概來自千黛的《行醫實錄》，捨此他實在沒能耐想出更佳的辦法。

魔氣從由右手心小半注一次的注進李顯經脈去。

先攻背部的大杼及各背俞穴位，到位後駐留不動。

次攻胸前的缺盆、膺窗，止於氣衝。

再攻足三里、上巨虛、下巨虛。

接著是四肢的肩髃、委中，督脈的髓空諸經穴。

最後，才輪到作為正主兒的五臟。

吃力處，不啻連場血戰，要拿捏得恰到好處，須不住的調節，以龍鷹之能，仍感吃不消。

進行至一半，李顯沉睡過去。

他奶奶的！

龍鷹與李顯體內每一處進駐的魔氣生出連繫，他就是統兵之帥，魔氣則是肯為他賣命的忠心手下。

「唵！」

龍鷹用的是含蘊「至陰無極」的波動，好形成陰陽呼應的天然神效。

連龍鷹也沒想過的，李顯整個人從椅子彈起來，連串達十多次的顫抖以眨眼工夫的高速完成，然後跌坐回椅子去。

龍鷹往後坐倒，一陣暈眩，情況像剛施展過「小三合」。

不知過了多少時候。

「輕舟！輕舟！」

龍鷹從半昏迷的狀態裡被喚醒過來，發覺坐倒在李顯的椅背後。

勉強睜開眼睛，迎上的是李顯別轉頭來俯視他的眼神。

我的娘！

龍鷹幾乎不相信眼前所見的。

「長公主到！」

龍鷹頭重腳輕的從地上爬起來，移到李顯的左下側，垂手恭立，迎接太平。從此小處，可看出太平在李顯前地位特殊，不用御准，長驅直進。

下一刻，在高力士引領下，盛裝的太平步入寢廳，後面還跟著兩個宮娥。兩個宮娥還不怎樣，既因視線被太平和高力士兩人擋著，又戰戰兢兢的低垂著頭，不敢平視。

可是，高力士目光落在安坐椅上的李顯處，立告目瞪口呆，差些兒忘記了走路。太平顯然早曉得皇兄正在廳內和「范輕舟」說話，沒因「范輕舟」而有訝異神色，目光先掠過他，龍鷹趁機施禮時，她略一頷首作回應，接著迅快的轉往李顯處去，無法掩飾的現出既難以置信又喜出望外，完全動容的神態，如把心意寫在花容上。

經「天竺神咒」脫胎換骨、易筋洗髓的李顯沒任何誇張的表情神色，沉穩地迎上太平的目光，道：「皇妹坐！」

太平像聽不到皇兄在說甚麼似的，直勾勾的瞪著李顯，酥胸急遽的起伏著，艱難的道：「皇上！你……」

李顯道：「坐下說！」

高力士終回復過來，目光轉往龍鷹處，龍鷹乘機向他打個眼色。

太平吁出一口氣，在高力士伺候下，坐入龍鷹剛才坐的椅子去，目光始終沒法離開李顯片刻。

兩個宮娥伺候這對皇兄妹喝茶。

高力士移到龍鷹身旁，準備和他一起告退。

太平到來自有密事和李顯商討，懂事的應早走早著，怎都好過被命退下去。

兩個宮娥在高力士指示下，首先離開。

太平望著李顯，欲言又止。

高力士最清楚諸如此類的訊號，忙道：「稟上皇上、長公主，力士和范當家告退了。」

李顯現出考慮的神情，這個神情予龍鷹新鮮的感覺，因通常當李顯想東西時，不是神不守舍，便似在發呆多一點。

接著是個下決定的表情，斷然道：「輕舟留下來。」

又向高力士道：「大宮監可去處理事情。」

龍鷹和高力士聽得面面相覷，李顯破題兒第一遭有自己的主意，兩人手足無措。

「范輕舟」留下來幹甚麼？

太平比他們更不解，不過此刻李顯說出來的話，確有股來自帝君的氣勢和威嚴，令人不敢拂逆。

高力士被寢廳內突如其來的奇異氣氛感染，豈敢怠慢，告退離開。

龍鷹呆頭鵝般站著。

李顯道：「輕舟坐！」

唯一空出來的椅子，位於李顯左下首，坐進去，就是和對面的太平平起平坐。

龍鷹回心一想，自己好好歹歹也是河曲之戰的大功臣，又得李顯賜坐，放肆一次無可厚非，遂坐往太平對面。

太平滿臉不解之色，看李顯現在「一臉精明」的模樣，沒道理不清楚她是來談機密，怎可容外人在場？

龍鷹定神打量李顯，頗有欣賞由自己一手炮製出來的傑作般的動人感覺。

「差之毫釐，謬以千里」。

於人尤甚。

乍看，李顯和以前的他分別不大，沒有因而容光煥發、神采照人諸如此類神情，因改變的是他內裡的健康體質，是內涵的大幅提升和改變。

感覺是震撼性的。

如若將本以摻雜材料塑造出來的人像，改以良材美料。表面一切如舊，可是眼神、氣度、氣質，均蛻變為另一個人，又或可說為李顯忽然攀上其畢生最顛峰的狀態。

對剛見過他有多糟糕的高力士來說，宛如李顯從垂死裡復活過來，顯現出一股有諸內而形於外的活力、信心。

太平前晚見過李顯，那時李顯的狀態該好不到哪裡去。忽然見到皇兄坐得穩如泰山，一副君臨天下的氣度豪情，雙目神氣藏而不露，有點像看著另一個人，大駭一跳，必然也。

龍鷹剛才施展「天竺神咒」，差些兒出岔子。

當他以「至陰無極」去呼喚進駐李顯體內的「至陽無極」，以觸發魔氣內蘊能水裡火發、起死回生的生機，道勁隨神咒的波動沖擊李顯全身各個被挑選的大經穴魔氣，意在完成於一咒之內，等於擦火點燃。

豈知當魔氣被觸發後，齊動於李顯的百穴千竅之內，反過來呼喚龍鷹未成氣候的「至陰無極」，累得龍鷹的道勁不由他作主的瀉洩而去，欲罷不能。

如此互相牽引，尚為首次，為此他仍摸不著頭腦。

他奶奶的！

幸好到道勁接近油盡燈枯之際，李顯體內的魔氣反饋回來，令他的道勁迅速回復，神奇至極。

經如此數次的波蕩互傳後，如風浪之漸轉平息。

可是，也帶來先前藏於李顯體內諸般邪寒熱毒，被龍鷹照單全收，等於遷徙移植到龍鷹體內去，以他的體質也一時間吃不消，跌個四腳朝天。

幸好魔門邪帝確是不賴，體內魔氣起而抗戰，將邪氣、死氣排出體外去。

否則不知會有何後果。

李顯朝他瞧來，雙目射出感激之色，一切盡在不言中。

第十章　天子之威

李顯目光回到皇妹太平處，條理分明地道：「皇妹勿要因朕留下輕舟而驚異，皆因早在輕舟離京之前，奉朕之令調查武大相遭害的真相，查出策動對大相府襲擊者為田上淵，令朕怵然醒覺。更清楚我大唐皇權之事，須由朕與皇族承擔解決，遂有召隆基來問計一事。」

太平盯著乃兄直視打量，驚訝至合不攏櫻唇。

龍鷹比太平感受更深，情況就如一向糊塗易變的李顯，將紊亂糾結、輕重不分的思緒，海納百川的歸納為一，然後鋪陳出來，又懂拿捏分寸，繼續將「雁行之計」歸功於李隆基，避開前言不對後語的錯失。

龍鷹終明白李顯的心意，正是要為龍鷹的「范輕舟」找到切入點，化為輔助皇族的力量，且特別強調仍以皇族為主，不讓太平有給分去權力的感覺。

我的娘！

做過兩次太子、一次皇帝，到現在再一次居於皇座的李顯，是破天荒首次擔當名實相符的皇帝來。

太平道：「皇上！太平剛才收到消息，曉得皇上主持早朝時精神很差，心切下立即趕來見皇上……」

李顯截斷她道：「皇妹關心，朕因昨夜睡不好，從早朝回來後小睡一覺，現在精滿神足，可應付任何事情。」

龍鷹心內再一次喚娘，此時的李顯，名副其實是枯木逢春，能掌握大局微妙處，不提半句有關「天竺神咒」，以免節外生枝。

適才發生的事，成為李顯和龍鷹間的秘密。

以前李顯或視「范輕舟」為武三思，現在該為武三思加上神醫的混合體。

太平顫聲道：「太好哩！」

這句話沒上文下理的，卻最能代表太平的心情。

「退此一步，即無死所」。

如李隆基對她的警告，眼前乃大唐李氏生死榮辱的唯一機會，成敗全繫乎李隆基的「雁行之計」和李顯的忽然振作，若李顯於此關鍵時刻病倒下來，任何努力均將徒勞無功，胎死腹中。

可以想像，太平收到噩訊後匆匆趕來，一路心焦如焚，受盡紛至沓來的憂慮折磨。然惡劣至無可復加的情勢，忽然來個大轉折、急拐彎，面對著生龍活虎、不忘初心的皇兄，心情可想而知。

李顯現出笑容，悠然道：「大多數的事，可通過政治解決，惟田賊必須以江湖手法處理，而輕舟更是唯一可勝任的人。故當朕與皇妹定下策略，朕召輕舟來見，讓輕舟可與我們配合。」

太平終朝龍鷹瞧來，道：「太平明白哩！」

她一句不問龍鷹的「范輕舟」如何查出真相，因答案早存心內，以楊清仁的為人，肯定告訴了她同時向大相府、長公主府和興慶宮施襲者，乃田上淵的北幫，也不可能有第二個可能性，事後宗楚客派人清理屍體，更是欲蓋彌彰。

李顯輕描淡寫的展現帝主風範，道：「朕該於何時召皇妹上朝？」

太平語調鏗鏘的答道：「後天立冬之日，大朝之際，太平將上朝呈獻國書，由皇上定奪。」

李顯一拍扶手，斷然道：「就這麼決定。」

又問道：「相王準備好了嗎？」

太平瞧龍鷹一眼，欲言又止。

龍鷹知機告退。

離寢宮，來到寢宮外的花園。

高力士、宇文朔和宇文破聚在一塊兒，後兩者正全神傾聽高力士說話，不用猜，也知高力士在述說李顯神蹟般的變化，見龍鷹出來，精神一振，知百思不得其解的異事，有答案來了。

龍鷹來到三人身前，向宇文破道：「第二次『天竺神咒』來哩！」

宇文破恍然大悟，因他正是第一次「天竺神咒」的旁聽者，當時他對「范輕舟」頗有戒心，嚴密提防。

龍鷹向聽得一頭霧水的高力士、宇文朔解釋兩句後，楊清仁來了。

龍鷹早猜到今天會與楊清仁遇上，向高力士等打個眼色，迎了上去。

龍鷹截著楊清仁，領他往回走，道：「皇上正與長公主說話，我們邊走邊談。」

楊清仁審視他兩眼，道：「皇上身體好嗎？」

龍鷹道：「睡一覺後好多了。」

楊清仁試探道：「范兄可清楚即將來臨的大變化？」

龍鷹道：「剛曉得，皇上親口告訴我，想不到呵！」

不待楊清仁答他，劈頭問道：「无瑕大姐到哪裡去了？」

楊清仁沒猶豫的道：「她到洛陽去。」

龍鷹差些兒拍額，這也想不到。

无瑕不但是最佳探子，也是可怕的刺客。今趟刺殺的對象是宗晉卿，此行動一直在醞釀中，何時付諸實行，是個時機的問題。

現今正值黃河幫捲土重來，刺殺行動，時辰到。

楊清仁欣然道：「范兄猜到哩！」

龍鷹清楚宗晉卿的情況，道：「肯定非常艱難。」

楊清仁微笑道：「就看能否掌握對象的弱點和漏洞。」

龍鷹曉得再追問下去，是強楊清仁所難，他算相當坦白。宗晉卿的破綻，大可能因女人而來，正是大江聯擅長的慣技，只要宗晉卿到翠翹樓尋歡，墜進溫柔陷阱毫不稀奇。

楊清仁沉聲問道：「成事的機會有多大？」

問的當然是監國一事。

龍鷹此時和他來到麟德殿的主廣場，止步道：「十拿九穩。」

太陽西落，在李顯寢殿竟不知天昏地暗的過了至少兩個時辰，若非太平到，可能還耽得久一點。

楊清仁難以置信的道：「怎可能？」

龍鷹道：「待會河間王見到長公主，便會清楚。」

順道試探他，看他對自己有多坦白，道：「長公主答應皇上，立冬大朝呈獻國書，這種有關未來國策，關係到權力轉移的奏章絕不易寫，長公主找到這方面的能手嗎？」

楊清仁壓低聲音道：「是姚崇！范兄有否聽過此人？」

龍鷹裝出訝異之色，道：「竟然是他，不是已外調地方了嗎？」

楊清仁道：「皇上念著他，本想邀他回京任官，被他砌詞拒絕，改為賜宅，姚崇順勢返京。」

龍鷹不解道：「他應知西京現在奸佞當道，為何還回來？不知君子忌立危牆之下嗎？」

楊清仁沉聲道：「姚崇告訴長公主，他今次回來，是要為五王報仇雪恨。武三思雖死，還有娘娘、宗楚客和負責執行的周利用。」

龍鷹終於明白。

姚崇雖然精於審時度勢，知所進退，卻沒想過對舊同僚如此有情義，令人欽佩。正猶豫該否提醒他宗楚客會去騷擾姚崇，楊清仁接下去道：「我們已將姚崇請回長公主府，讓他可安心做好起草的工作。」

他說得輕描淡寫，龍鷹清楚他們把姚崇秘密送往長公主府的過程殊不簡單，竟可瞞過京涼、翟無念等地頭蟲的耳目。

龍鷹拍拍楊清仁，道：「保持聯絡！」

說畢登車返興慶宮去。

途上，龍鷹忽然念動，在經脈內玩起「至陽無極」和「至陰無極」互動互引的遊戲。兩者如一對繾綣相纏的男女，演盡男歡女愛間的諸般情況。

大致上是以「至陰」吸引遠比其強大得多的「至陽」。

沒多久，龍鷹投入內中的天地裡去，物我兩忘。

這還是龍鷹首次成功藉魔氣提煉至陰至柔的道功。

以實引虛。

一時荏弱的「至陰無極」，進入歧路多至無有窮盡的經脈內天地，又不時以跳躍的方式，從一個竅穴飛投另一竅穴，求之若渴的魔氣如狂蜂浪蝶，追逐於花間。

龐大的魔氣隨時有將道勁淹沒吞噬之勢，龍鷹唯一可做的事，就是令「至陰無極」那點真陰保持為不昧的「真水」。

如在狂風裡燃點一炷香火，就算風雨如何飄搖，始終不熄。

於此同時，以「真水」引「真火」，令其從虛無裡顯形於經脈之間，從無跡可尋，到有跡可循。

道勁一點一點壯大增強，雖然，比起魔氣仍屬微不足道，但以此方法培植道勁，首度以道勁為主，掌握主導，乃破天荒第一次。

如像過了眨眼般的光景，馬車停下。

原來已抵達花落小築。

幫了李顯，意外地令龍鷹在「道心種魔」上做出無可比擬的突破。

以往一切順乎天然，捨此外實在沒辦法。現在則初窺能壯大「至陰無極」的門徑，令道勁忽然間進佔操控主動的位置。

當道勁重返任、督二脈，歸於氣海，道勁和魔氣，再非以前那個關係。

思索間，步入小廳，剛坐下，仍在深深回味之際，李隆基來了。

龍鷹起立歡迎，訝道：「還以為臨淄王仍在掖庭宮。」

李隆基探手與他相握，雙目射出感激神色，道：「扭轉乾坤，不外如是。」

龍鷹細審他面容，奇道：「臨淄王怎可能仍這般的精神奕奕，不見倦容？」

李隆基微笑道：「以前是空有渾身精力卻無處發洩，只好用諸於風月場所；現在則是竭盡全力，朝清晰分明的目標邁進，清楚如何一步一步的走，每多走一步，離目標又近一點。一掃過往頹氣下，人也精神起來。」

又道：「我已兩天兩夜未闔過眼，回來本想睡上一會兒，曉得范爺在花落小築，立即睡意全消。哈！」

龍鷹道：「坐下說！」

兩人於靠窗几椅坐下。

龍鷹問道：「是否從掖庭宮回來？」

李隆基點頭應是，道：「這兩天須貼身伺候王父，為他壯膽。」

稍頓接著道：「唉！和王父這般相處，始知他可以如此反覆，這刻下決定，下一刻又猶豫，還想像了很多根本不存在的事物。」

龍鷹駭然道：「那怎辦好？」

對李旦，他是無能為力。

李隆基欣然道：「幸好有都瑾幫忙，適時向王父哭訴，有韋氏子弟明明曉得她是王父的人，仍一點不給面子的纏她。」

龍鷹道：「是否真有其事？」

李隆基道：「這個要老天爺方清楚，卻立即收效，勝過我說千百句，也令我可安心回來休息。」

又道：「過了後天，大局已定，王父騎上了虎背，不可能退出。」

接著壓低聲音道：「聽高大說，你將皇上變成了另一個人。」

龍鷹道：「我是姑且再試小弟的『天竺神咒』，想不到效果如此神奇。」

李隆基擔心的道：「會否是揠苗助長，過幾天後皇上打回原形，甚至比以前更差？」

龍鷹保證道：「小弟是在吸收了他敗壞之氣的同時，喚醒了他體內的生發之氣，也令他可接收我注入他體內竅穴的生氣，屬蛻變式的變化，雖然未知可捱多久，但絕不會是十天八天，而是至少一年半載。」

李隆基最關心的是李顯的狀態，沒了他的堅持，一切均徒勞無功，問道：「他的變化是否明顯？問高大，他卻一臉古怪神色，說不出個所以然。」

龍鷹答道：「變化是含蓄和內斂的，沒有忽然容光煥發、神采照人，乍看還似和以前無甚分別。可是，總之皇上是不同了，眼神堅定，說話字字擲地有聲，開始可掌握別人心裡的想法。」

又道：「你是怕給娘娘察覺他異常處？」

李隆基頹然道：「這是我們最大的破綻，只要對方生出警覺，提早下手，我們所有努力將盡付東流。」

龍鷹欣然道：「現在我們已相當肯定，下手者，九卜女是也。幹掉她，可令韋宗集團陣腳大亂，再加上我們將皇上隔離於敵人的毒計之外，那時唯一可出手的機會，將是安樂大婚之時，而唯一可出手的人，惟只娘娘，我們將有足夠的時間進行『雁行之計』。」

李隆基皺眉道：「如何殺九卜女？」

龍鷹道：「此女肯定非常難殺，不過，她亦有她的大破綻，就是不曉得我們識破她按摩娘的身份，只要趁她入宮為皇上推拿，我們可佈局殺她，讓她忽然消失。」

李隆基沉吟片刻，搖頭道：「不妥當！」

龍鷹愕然道：「哪裡不妥當？」

李隆基道：「以宗楚客和田上淵的老奸巨猾，見九卜女進皇宮後一去不返，會立即曉得其混毒之計被揭破，下毒再不可行，在這樣的情況下必鋌而走險，舉兵造反，而我們壓根兒未準備好。」

龍鷹拍額道：「對！」

李隆基道：「殺九卜女，須在宮外進行，且不可讓對方曉得有我們參與其事。只要令宗楚客和田上淵疑神疑鬼，摸不清為何九卜女忽然人間蒸發，我們可達到惑敵的目標，以為仍未被我們瞧破其混毒之計。」

接著道：「能爭取多少時間，就多少時間。」

龍鷹頭痛道：「殺九卜女絕不容易，在四通八達的西京城更近乎不可能，說到底，西京是韋宗集團的地頭。」

李隆基道：「以台勒虛雲的為人，在這方面肯定比我們有辦法。」

龍鷹心裡苦笑，今晚到獨孤府會佳人的樂事立告泡湯。於事情緩急輕重下，不立即去見台勒虛雲怎成？

點頭道：「我立即找台勒虛雲說話。」

李隆基歉然道：「又要勞煩范爺。」

龍鷹順口問道：「你老兄現在和相王的關係如何？」

李隆基道：「王父對我是刮目相看，但又似對我感到非常陌生，幸好這個情況很快將改變過來。」

龍鷹訝道：「為何可改變？」

李隆基道：「當王父坐上監國之位，隆基將變成他的『上官婉兒』，哈哈！」

龍鷹啞然失笑，不住點頭，真正的監國，正是李隆基。

第十一章　經咒靈牌

因如賭坊。

水榭。

台勒虛雲在他旁坐下，道：「這回李顯似是真的醒悟，令他下大決心，選皇弟為監國，將整個局面反轉過來。」

龍鷹道：「自我告訴他，殺武三思者為田上淵，並且接下來將以相王和長公主為剷除目標，李顯沉吟片刻後，即使人召喚李隆基，小弟真的沒想過有這麼大的變化。」

台勒虛雲仰望夜空，好一會兒目光重回龍鷹處，以帶點欷歔的語調道：「外人很難明白李顯和武三思的感情，那本不可能，卻偏是如此，令人懷疑前世宿孽的存在。」

龍鷹道：「或許這是唯一的解釋。」

說這句話時，他確有感而發，李顯與武三思，實超越了一般君臣情義，其關係之密切，龍鷹從親身體會的幾件事，便對台勒虛雲提的「宿孽」深有同感。

台勒虛雲道：「此事異乎尋常，李顯為何不立即問計於輕舟，反召李隆基來商量？」

龍鷹早習慣了他開門見山式的質詢，他總比其他人想深幾層。

苦笑道：「他非是沒問我，卻因我對政治一竅不通，問不出答案。我遂提議他，目前最重要的事，是把相王捧上一個可與權相、惡后抗衡的位置，既要削老宗的權，又須減弱娘娘對朝政的影響，至於如何可以辦到，我實一籌莫展。我告訴他，不論採何種手段，必須不動聲息，事前不漏半點風聲，只可以找他皇族的人商量，其他沒一個是可靠的。」

台勒虛雲微微頷首，似乎滿意龍鷹提供的「事情真相」，道：「李顯一生犯錯，卻在大禍臨身前的一刻，選對了人，想不到一向醉生夢死的一個人，竟能提出力能顛覆整個大唐皇朝現今權力架構的絕計，直接挑戰韋后和宗楚客手掌的權柄。真正的李隆基，究竟是怎麼樣的一個人？」

龍鷹心知李隆基惹起台勒虛雲的注意，當然也聯想到李隆基手下臥虎藏龍，絕非一個風花雪月的皇室貴冑般簡單。

龍鷹亦不打算為李隆基左瞞右瞞，因徒費心力唇舌，勞而無功。

何況現時已到了「見龍在田」的階段，不露鋒芒再不合時宜。

道：「剛才我返興慶宮，坐未暖椅，李隆基過來找我。」

台勒虛雲興致盎然的問道：「有何說話？」

龍鷹道：「他從李顯處清楚了我這個角色和所處位置，省去了多餘的說話。嘿！我便如小可汗般好奇，問他為何與別人口上的他分別這麼大。他答我，此乃審時度勢下的避禍良方，就是勢不予我下，絕口不提政事，還設法消除父兄和娘娘間的緊張關係。不過，李重俊的被殺和興慶宮遭襲，令他曉得龜縮再非辦法，必須有所作為，否則『覆巢之下，焉有完卵』。」

台勒虛雲歎道：「好一個『識時務者為俊傑』，今次我們全賴他，方有扭轉局面的千載之機。」

龍鷹放下心來，知因共坐一船，要對付李隆基，該為韋、宗伏誅後的事。

台勒虛雲淡淡道：「宗晉卿已先他長兄一步，到地府去見閻王。」

龍鷹愕然道：「老田不是在洛陽嗎？玉姑娘如何下手？」

台勒虛雲欣然道：「正因田上淵在洛陽多少天，宗晉卿陪足多少天，故田上淵前腳剛離洛陽，宗晉卿急不及待的去會佳人，造就了玉姑娘絕佳的機會。過程並不容易，玉姑娘還受了傷，幸好終大功告成。」

聽到无瑕受創，龍鷹的心抽搐了一下，想不承認對她著緊也不成。

台勒虛雲道：「玉姑娘在歸途上。」

龍鷹道：「此事勢對老宗造成前所未有的打擊。」

台勒虛雲道：「此必然也，也令西京舉城震動，空出來的位子，將成為我們未來監國的試金石，關乎雙方盛衰。」

這就是无瑕能發揮的驚人威力。當年若她成功在塞外殺死龍鷹，整個天下形勢將朝另一方向走，而无瑕差些兒辦到了。

龍鷹問道：「我們可拿哪個人去取代宗晉卿的位子？」

台勒虛雲隨口的道：「姚崇如何？」

龍鷹可肯定楊清仁剛見過台勒虛雲，令台勒虛雲掌握了最新形勢，明白「范輕舟」在整件事裡的定位。

龍鷹抓頭道：「姚崇乃良相之材，用之去管治一座城，實大材小用。」

台勒虛雲道：「但姚崇更是當朝大臣裡最懂政治的人，曉得留在京師和任職洛陽能起的不同作用。像他般的舊臣，與黃河幫關係深厚，最重要的，是姚崇絕不受宗楚客的擺佈。」

又道：「非常時期，須有非常的手段。以姚崇的德望，不論甘元柬，又或紀處訥之輩，哪來和他爭的資格。尤佔優者，姚崇現正賦閒在家，肯點頭立可上任。我怕的，是他不肯接受。」

龍鷹道：「河間王告訴小弟，他是為五王復仇來的，只要讓他清楚事情關乎黃河幫的生死存亡，他義不容辭。」

台勒虛雲沒為此說下去，話鋒一轉道：「一旦相王坐上監國之位，對立的情況將從平緩轉為尖銳，如果我們未有應付對方提早發動之法，那即將到來的大變，將變成我們自掘墳墓。」

龍鷹道：「如我提議，在九卜女有機會下手前，先幹掉她。」接著說明對付九卜女的看法。

台勒虛雲道：「的確，我們須捨易取難，在宮外不留痕跡地讓她消失。」

龍鷹頭痛道：「如何辦得到？」

台勒虛雲道：「隨我來！」

台勒虛雲騰空而起，落在另一座房舍瓦脊，蹲下來。

龍鷹來到他旁，學他般蹲下。

前方三十多丈外，是一規模普通的廟宇組群，分三重殿堂，兩旁僧舍一類的建築，以牆環繞，內外林木茂密，仿如城內淨土。

台勒虛雲傳音道：「經過玉姑娘對九卜女長時間的監視後，終於有所發現。」

他輕描淡寫的幾句話，代表著无瑕為此付出驚人的堅持力和耐性，亦顯示台勒虛雲和无瑕認識到九卜女於此政爭裡的重要性，故早有準備。

不過，直到此刻，龍鷹對台勒虛雲帶他來看此廟仍摸不著頭腦。

台勒虛雲續道：「玉姑娘的第一個重要發現，是在九卜女棲身處附近找到北幫另一個巢穴，長期駐紮六至七個高手，可隨時呼應九卜女。」

龍鷹道：「老田算無遺策。」

台勒虛雲沉聲道：「即使沒支援，要殺渾身卜術的九卜女仍近乎不可能，她正是擅長遁術的人，又是在她地頭，我們且不知她有何部署，魯莽動手，實沒半分把握。」

龍鷹道：「在她到皇宮途上又如何？」

台勒虛雲道：「每趟入宮，李顯均派出馬車來接她，還有飛騎御衛護送，更不可行。」

接著道：「幸好玉姑娘尚有另一發現，就是每月十五的月圓之夜，九卜女會到這座名為佛光寺的寺廟來。來！」

他落往地上，領著龍鷹過疏林，越牆入廟，識途老馬般繞過二重殿堂，最後由第三重殿堂的後門進入作為主殿的大雄寶殿。

香氣盈殿。

大殿沐浴在暗紅的色光裡，氣氛奇異。

龍鷹隨台勒虛雲繞過供著大小諸佛的佛臺，兩旁燃著兩盞長明燈，中央放置燃燒中的盤香，難怪這麼香氣滿盈。

大殿兩側，各立著九尊護法羅漢。

台勒虛雲移到大殿正中的位置，仰望上方橫過殿頂、粗逾人身的大橫樑，道：「我們到樑上去。」

說畢拔地而起，落在橫樑上方，又打手勢示意龍鷹到他後方去。

龍鷹兩腳用勁，躍上橫樑，半蹲在台勒虛雲身後。

一個連底座高一尺、寬半尺的木牌子，赫然映入眼簾，四平八穩被放置於橫樑上方。

台勒虛雲擦亮火熠子。

火光映照裡，木牌子密密麻麻刻滿龍鷹從未見過的文字。

問道：「是甚麼文？」

台勒虛雲道：「我和玉姑娘都看不懂，共一百八十字，只有幾個重複，該屬某一域外文化的文字。」

又道：「玉姑娘有個看法，說牌上文字使她聯想起波斯文，故極可能是一種更遠古的波斯文。若然如此，九卜派多多少少和波斯的大明正教有點淵源。」

龍鷹道：「這個合情合理，因九卜派便和老田的大明尊教有一定的往來和連繫，九卜女這般遠道來助老田，正是這種關係的顯現。」

又問道：「這並不像我們的靈牌。」

台勒虛雲運功熄滅火熠，道：「應是個靈牌，上面雕刻的是經文咒語，可與過世的親人生出奇異的連繫，至少九卜女對此信而不疑。」

他顯然對此做過深入的研究。

靈牌上的經咒仍清晰浮現龍鷹腦海的當兒，他想到由一無所知，到發現這靈牌安放橫樑之上，確少點能耐和細心也不成。无瑕能在九卜女無知無覺下，跟蹤九卜女到此廟來，殊不簡單。

他比任何人更清楚追蹤鬼魅似的九卜女，有多大的困難。

台勒虛雲道：「靈牌伴隨九卜女走遍天涯海角，屬她一位至親，到西京後，因怕靈牌透露她身份的秘密，又不能交予田上淵保管，故將其供奉到這間寺廟來，吃這裡的香火。」

龍鷹道：「有道理，該離事實不遠。」

這類關乎靈異之物，肯定諸多禁忌，例如不可讓其他人觸碰，故此關係密切如田上淵，九卜女仍不願將靈牌託付。

台勒虛雲道：「每月十五月圓之夜，九卜女便私下來到此廟，逗留約小半個時辰後離開，也是我們唯一可佈局殺她的機會。」

龍鷹聽得頭皮一陣發麻。

印象中的九卜女，絕對冷狠無情，不含半分正常人的人性，然而在此一刻，他終發覺九卜女人性的一面，假設九卜女為此而亡，實是莫大的諷刺。

台勒虛雲續道：「此殿表面看似是絕地，事實上恰好相反，確只有前後門兩個出口，門是關上卻沒上鎖，四壁由堅實的磚石夯土而成，厚達半尺。殿頂離地達三丈，要從地上躍起破瓦而出並不容易，動輒還將自己完全暴露在對手的全力攻擊之下。不過！依我和玉姑娘的估算，在這樣的形勢下，殺她仍難比登天，一旦錯失，我們將永遠失去殺她的機會。」

龍鷹一時沒想得那麼周詳，問道：「何解呢？」

台勒虛雲道：「九卜女只要高呼一聲，又或擊毀一尊羅漢像致發出巨響，僧舍內的眾僧將蜂擁而來，看其聖殿內發生了何事，九卜女遂可乘亂遁逃，我們有多少高手仍攔不住她。」

龍鷹計算道：「眾僧抵達前，我們有二十下呼息的工夫。」

台勒虛雲道：「對如九卜女般精擅藏蹤匿跡、長於遁逃的高手，不可以常理算之，一旦讓她施展卜術，可將劣勢扭轉過來。」

龍鷹記起她的火器，心裡同意。

台勒虛雲道：「如我們沒有特別手段，在開始時重創她，讓她成功突圍而遁的可能性，遠大於被我們把她當場擊殺。」

又道：「九卜女乃精於刺殺的高手，經過嚴格訓練，有著超乎同級數高手知敵的靈覺，這帶來兩個令人頭痛的問題。」

龍鷹仿如通過台勒虛雲的腦袋，去思索如何佈局殺死九卜女的諸般問題，感覺奇異。

問道：「哪兩個問題？」

台勒虛雲道：「就是預先埋伏殿內，還是待她入殿後再發動。」

龍鷹如他般為此頭痛起來。

兩個選項，各有優劣。

關鍵在對方是九卜女。

天才曉得她會否甫踏足大雄寶殿，立即察覺異常，掉頭便走。

待她入殿後方逼近，亦大有機會觸動她的靈應，那時主動將落入她之手。

台勒虛雲道：「我們曾想過利用靈牌下毒，她伸手觸碰靈牌，立即中招。然而想歸想，卻辦不到，天下間尚未有厲害至此的劇毒。何況她是用毒的大行家，任何色澤、氣味的改變，均瞞不過她。這也等於絕了我們利用長明燈或供香下毒的方法。」

忽然間，整個與韋宗集團的鬥爭，重心轉移到九卜女身上。

給她逃掉，等若自揭清楚韋宗集團以混毒害死李顯的大奸謀，韋宗集團不立即發動才怪。

龍鷹認真思索起來。

抵達此殿後，感覺是所有繁複的思考，交由台勒虛雲代勞，因自問沒可能想得如他般深入周詳，無有遺漏。

現在以台勒虛雲的智慧仍沒法想出萬無一失之計，不到他不動腦筋。

龍鷹所恃者，正是天下無雙的魔種。

它可能是九卜女天生的宿敵，唯一的剋星。

台勒虛雲道：「輕舟有好的主意嗎？」

龍鷹道：「我們回到地面再說。」

兩人翻下橫樑，落往地面。

龍鷹審視形勢，目光最後回到橫樑處，心忖此殿和靈牌收藏的位置，對魔種而言乃天造地設的環境，最能發揮自己的環境戰術，不用任何陰謀手段，把環境戰術發揮至極致，已是對付九卜女最凌厲的利器。

道：「我們可將預先埋伏和事後發動兩種戰術合而為一，我敢包保九卜女死劫難逃。」

台勒虛雲喜道：「願聞其詳。」

龍鷹道：「小可汗、玉姑娘，加上小弟該已足夠佈局殺她，人多反會惹起她的警覺。」

台勒虛雲頷首同意。

龍鷹道：「由我埋伏橫樑之上，小弟上一次在興慶宮既能避過九卜女的靈應，今趟不會例外。」

台勒虛雲一雙銳目明亮起來。

第十二章　噩耗傳來

返興慶宮途上，龍鷹遇上夜來深、樂彥與十多騎匆匆馳過，他避在一旁留神觀察，見夜來深和樂彥均有點氣急敗壞的模樣，醒悟該是與宗晉卿在洛陽遇刺身亡有關，樂彥從北幫的通訊渠道收到噩耗，飛報夜來深，現在兩人是一起趕往宗楚客的大相府去。

以時間論，台勒虛雲比樂彥至少早上兩個時辰收到消息，甚或更早。

旋又記起无瑕的靈兒，无瑕這邊幹掉宗晉卿，那邊著靈兒送訊到西京，當然比北幫的飛鴿傳書快上很多。

在无瑕刺殺宗晉卿的行動裡，靈兒肯定發揮了奇效，故能掌握最佳時機。

他在西京與无瑕交往頻繁，往來密切，卻只於「覆舟小組」試圖伏擊他的那個晚上見過靈兒一次，其他時間牠沒現過蹤影。難道靈兒也像他的雪兒般，懂得去尋樂子？

宗晉卿之死會對宗楚客造成怎麼樣的打擊？肯定悲痛欲絕，明白到你可傷害別人，別人也可以傷害你。

韋宗集團兩大要員練元、宗晉卿先後身亡，勢對集團造成前所未有的沉重打擊，令其整體部署陣腳大亂。兩件事均發生在關外，肯動腦筋的都曉得敵人正在關外有計劃地動搖北幫的根基。

而不論宗楚客如何傷心，眼前並非傷心的時候，當務之急，是盡快找到代替宗晉卿的人選，以穩住局面。

這類重要任命，不是宗楚客說了算，而是須待李顯的龍手批准。

今回韋后和宗楚客，將遇上個他們再不認識的大唐之主。

龍鷹本還有衝動夜訪獨孤美女，雖然不是入黑即去，但在二更天前去總算有個交代，現在惟有打消念頭，因天才曉得宗晉卿死訊所引起的震動，留在金花落靜觀其變較為穩妥。

踏入興慶宮，走不到十多步，給十八鐵衛之首的衛抗截著，報上道：「上官大家到了范爺的花落小築，我們不敢攔阻。她又遣走從人和欲伺候她的侍臣，一個人留在小築內。」

龍鷹心感抱歉，自己總是忽略了她，令察覺情況異樣的大才女，因心內的不安，上門問個究竟。

龍鷹點頭表示知道，順口問道：「臨淄王仍在興慶宮嗎？」

衛抗道：「臨淄王見過范爺後立即就寢，睡個不省人事。」

龍鷹心忖這該算一項本領，不論鬥爭如何激烈，有機會即可熟睡，睡醒方有足夠精神繼續鬥爭。

龍鷹拍拍衛抗肩頭，道：「不用陪我回去。」

分手後，龍鷹加速腳步，不片刻回到他在金花落的家，想到有上官婉兒這般出色的大美人在家裡等他回來，一顆心不由灼熱起來。

小築靜悄悄，惟上層點燃了油燈。

龍鷹過小廳，拾級登樓。

首先吸引他眼睛的，是樓階頂棄在地面上的白色裘袍，令龍鷹心裡喚娘，大才女豈非甫登樓立即寬衣解帶？

龍鷹順手撿起裘袍，目光循棄置地上的衣物移去，最後落在正擁被而眠，睡在自己榻子上的上官婉兒。

她背向著他，烏黑的秀髮如雲似水的散佈被面，想到被內她穿著的衣物多不到哪裡去，不由生出驚心動魄的刺激感覺。

事實上上官婉兒對他的吸引力從未減退過，她窈窕纖長的玉體在他心裡更是獨一無二，卻因他們間的愛受到宮廷鬥爭的污染，變得各懷機心，互相計算，再不純正，如被一堵無形的牆將他們分隔開來。

龍鷹逐一撿拾散佈榻旁的衣物，置於一旁的椅子上，然後脫掉外袍，坐到床緣去，脫掉靴子。

上官婉兒在他身後發出均勻的呼吸聲，讓他聽到她靜夜裡的心跳。

龍鷹的心軟化了。

李顯歿後，西京唯一可保護她的人就是自己，對此龍鷹為公為私，均義不容辭。

龍鷹掀開被子，毫不猶豫鑽了進去，從後擁她脫剩褻衣的半裸嬌軀入懷。

午夜夢迴，大才女一時間弄不清楚發生何事，發出令人銷魂蝕骨的嬌吟，似在抗議弄醒她，又像期待著的事終於發生。

「同樣的人，同樣的地方，忽然間都變得陌生了，婉兒再不認識他們，一種打從心底裡湧出來的厭倦支配著人家。鷹爺呵！婉兒可提早離開嗎？」

上官婉兒蜷伏龍鷹懷裡，咬著他耳朵喃喃說出這番話。

龍鷹愛憐地問道：「大家何時有這個想法？」

上官婉兒道：「就在這兩天。唉！我不明白自己，為何以前沒有這個困擾人的感觸。」

龍鷹計算時間，上官婉兒該是因「雁行之計」的推行，致有這個被排斥於外的感覺，最能直接影響她的是李顯對她的態度，以太平對上官婉兒的一貫看法，必提醒李顯提防她。

龍鷹問道：「皇上是否漸少和大家說話呢？」

上官婉兒歎道：「不止如此，這兩天處理過日常政務後，皇上便遣走婉兒。」

龍鷹心忖難怪她心灰意冷。「雁行之計」以皇族人馬為主軸，上官婉兒頓變外人，李顯的冷淡對她打擊最大。

這樣的局面，連他亦無力扭轉過來，「雁行之計」的運作，以李顯、太平和李旦背後的李隆基為主，其中最有影響力者是太平，她的態度決定了皇族的取向。他可向李隆基提議，然而李隆基絕影響不了太平，亦無從解釋上官婉兒的位置。

這就是政治。

龍鷹道：「大家不用憂心，皆因現時情況特殊，一件驚天動地的事正在皇族間默默進行中。」

上官婉兒訝道：「甚麼事呵？」

龍鷹道：「明天立冬之日，大朝之時，長公主將向皇上獻上新朝最重要的奏章，請皇上冊立相王為監國。」

上官婉兒大吃一驚，道：「竟有此事，娘娘怎會允許？」

龍鷹笑道：「那就須看她能否一如以往般控制皇上。」

上官婉兒道：「長公主近兩天不住入宮見皇上，原來竟為此事。」

龍鷹道：「娘娘有找大家去說話嗎？」

上官婉兒道：「昨天才見過娘娘，可是婉兒確不知情呵！」

又道：「人家真的想離開。」

龍鷹歎道：「一天皇上在，大家絕不可離開西京，皇上亦不允許。」

接著安慰她道：「當事情明朗化後，皇上將比之任何時候更倚重大家，須大家陪侍身旁。大家勿要胡思亂想，所謂『船到橋頭自然直』，一切待相王坐上監國之位再說。」

上官婉兒苦笑道：「相王對婉兒一向沒好感。」

龍鷹道：「大家並不需要相王或長公主的好感，有我在背後撐你的腰便成。」

上官婉兒道：「現時宗楚客權勢熏天，我們真的鬥得過他？」

龍鷹微笑道：「大家似忘了我是誰。今天大家返宮後，將收到一個震動西京的消息，就是宗楚客的親弟宗晉卿，在洛陽遇刺身亡。」

上官婉兒一震道：「天呵！」

龍鷹道：「多想無益，離天明尚有好一陣子，一起尋夢如何？」

天明後小半個時辰，上官婉兒的隨從駕馬車進入花落小築，接上官婉兒入宮。

龍鷹仍在回味昨夜抵死纏綿的滋味時，宇文朔到，與龍鷹共進早膳。

他第一句話，就是宗晉卿給幹掉了。

龍鷹問道：「老宗如何反應？」

宇文朔道：「今早天未亮老宗便到珠鏡殿向娘娘哭訴，接著娘娘和老宗聯袂見皇上。據高大透露，皇上批准了將宗晉卿的遺體運返西京殮葬，卻拒絕了他們代替人選的建議。老兄的天竺神咒非常厲害。」

龍鷹興致盎盎的問道：「他們提議誰？」

宇文朔道：「他們提議暫時以周利用坐上宗晉卿空出來的總管之位，好穩住局面。」

龍鷹道：「這不失為一著好棋，周利用既熟悉洛陽事務，又與北幫合作慣了，本身武功高強，不是那麼容易被幹掉。」

宇文朔道：「可是皇上一句『此事容後討論』，令娘娘和老宗無以為繼。說實在的，周利用是城守，洛陽的安全由他負責，現在洛陽的最高負責人竟然被幹掉，周利用難辭其責，怎可以待罪之身獲得陞遷，一旦拿出來討論，周利用大可能被革職。娘娘和老宗壓根兒欺皇上仍像以前般糊塗。」

龍鷹同意道：「我倒沒想及此點。」

宇文朔沉聲道：「是否黃河幫幹的？」

龍鷹道：「可以這麼說，出手的是无瑕，有心算無心下，一擊功成，盡收黃河幫捲土重來先聲奪人之效。」

宇文朔讚道：「无瑕掌握的時機妙至毫顛，恰於北幫亟需官府支持的時候，宗晉卿也在最不該離世的一刻離開，田上淵專程到洛陽穩住大局，然卻適得其反。際此亂成一團的當兒，黃河幫強勢回歸，勢令田上淵難以兼顧，坐看關外的地盤被黃河幫逐一蠶食。」

又道：「來時，我在皇城遇上到掖庭宮見他王父的臨淄王，聊了幾句，說到代宗晉卿的人選問題，似乎臨淄王心裡有好主意。」

龍鷹心忖肯定非是姚崇。

宇文朔道：「皇上要見你。」

龍鷹苦笑道：「皇上不找我，小弟也要找他，明天是決勝日，須弄清楚皇上的狀態。」

宇文朔道：「聽高大說，昨夜皇上睡得很好。」

接著壓低聲音道：「按摩娘的事如何處理？」

龍鷹道：「宗晉卿之死，將令老田延誤歸期，一天老田未返京，九卜女不會下手對付皇上。」

宇文朔皺眉道：「九卜女的問題，始終須處理，相王坐上監國之位，已令對方有足夠提早下手的理由。」

龍鷹遂將昨夜和台勒虛雲相偕到廟宇去的事詳細道出。

宇文朔道：「在這樣的情況下，范爺將沒法有任何保留，不怕給他們看出你的身份嗎？」

龍鷹明白他的憂慮，就是不得不施展「小三合」時，等於自揭身份。道：「技術就在這裡。我和他們分頭行事，由我埋伏在殿內橫樑之上，他們則埋伏大殿前後，故此起始時的交鋒，不論我用任何怪招，他們都看不見。」

宇文朔苦笑道：「希望沒令整個殿頂給掀起來便成。」

龍鷹記起道勁和魔氣追逐的奇招，笑道：「放心！小弟另有絕活，保證九卜女沒法生離大殿。」

宇文朔道：「該入宮哩！皇上怕等得不耐煩了。」

麟德殿。御書房。

李顯興奮的道：「誰殺宗晉卿？」

龍鷹道：「稟皇上，是黃河幫派出的刺客幹的。」

幹掉練元，不論龍鷹怎麼強調練元於田上淵如何重要，李顯既不上心也無感覺。可是殺宗晉卿完全是另一回事，可重重打擊宗楚客，稍洩李顯心頭之恨。

李顯思索片刻，記起甚麼似的道：「黃河幫不是在我大唐立國時建下大功的幫會嗎？為何很久沒聽到他們的消息？」

龍鷹心忖如此糊塗的帝君古今罕見，對宮外的事幾不聞不問。依道理，黃河幫該在李顯落難時，於財力、物力上支持李顯，可是，觀之李顯對黃河幫的陌生程度，應是宗楚客和韋后從中作梗，令李顯對黃河幫一方的匡助，一無所知。

一直以來，李顯活在深宮的封閉世界裡，直至「燕書」展現眼下。

龍鷹解釋幾句後，道：「皇上明鑒，黃河幫之所以要拔掉宗晉卿，皆因此人奉乃兄之名，大力支持北幫，令黃河幫難作寸進。而我們必須借黃河幫之力，將北幫在關外的勢力瓦解，故此，取代宗晉卿的人選，乃黃河幫與北幫鬥爭的關鍵。」

李顯斷然道：「這個朕明白，總之新的洛陽總管，絕不可以是奸黨的人。」

又皺起龍眉道：「然則該找何人去任職？」

龍鷹心忖台勒虛雲猜得對，何人任職新洛陽總管，成為了監國須打響的頭炮，更決定了北幫的命運。

政治上的決定，威力可勝比千軍萬馬。

龍鷹道：「明天由我們的新監國提出來如何？」

李顯精神一振，不住頷首。

龍鷹明白他的心情，李顯不論在精神、體力上有多大的改善，始終不是玩政治的料子，沒法真正掌握監國能起的作用。他需要的是像眼前般的實例，他想不到的，由監國去想；他堅持不了的，交予監國去堅持。

李顯旋又皺龍眉，道：「可是，我怕皇弟想不出好主意。」

他對李旦的擔心是應該的，因李旦好不到哪裡去。

此正為他今天來見李顯的目的，是要為他打氣。

龍鷹欣然道：「皇上放心！相王想不到的，可由他兒子臨淄王想到，又或長公主。『一人計短，二人計長』，總會有好的人選，此為監國的妙用，可聚集皇族的力量，令奸黨再難一方獨大。」

李顯喜道：「對！對！」

又憂心忡忡的道：「明天假設奸黨群起反對，朕該如何應付？」

龍鷹微笑道：「皇上似忘了自己是誰。」

李顯大為錯愕，瞪著龍鷹。

龍鷹語調鏗鏘的道：「皇上就是當今天子，說出口來的決定，就是不能改易的聖旨，誰可推翻？」

李顯本茫茫然的眼神逐漸凝聚。

龍鷹道：「事關唐室榮枯，皇上必須鐵了心的至少當一天的聖神皇帝，大發天威。嘿！或許可來個殺雞儆猴，令人人噤聲。」

聽到「聖神皇帝」四字，李顯整個人生猛起來，問道：「如何可殺雞儆猴？」

龍鷹道：「當長公主宣讀奏章後，因其身份特殊，故娘娘和宗賊不會急著出手，而是指使手下能言善辯的奸黨出言反對。這就是皇上需要的雞，以之祭旗，包保沒人敢再發言。」

李顯不解道：「祭旗？」

龍鷹道：「皇上請想想聖神皇帝會怎麼辦。」

李顯一雙龍目亮了起來。

第十三章　凡術可破

走過遊廊，遇上李隆基和高力士在廊外的園林說話，兩人守候龍鷹。

龍鷹迎上去道：「大日子終於來了。」

李隆基苦笑道：「我和高大正在擔心皇上馬前失蹄，枉費了我們連日來的努力。」

高力士壓低聲音道：「有可能在上早朝前再給皇上來個天竺神咒嗎？受咒的那天，皇上狀態之佳，未之有也，但接著的兩天似有點回落。」

龍鷹問道：「如何回落？」

高力士道：「再不像初受咒時的英明神武，有時還患得患失的。」

龍鷹道：「可是皇上拒絕娘娘和老宗擢陞周利用以代替宗晉卿的提議，並將事情押後商議，要得很漂亮，絕對超過皇上平時的水平。」

高力士道：「整體而言，皇上在各方面均有提高，可是，小子總覺還欠一點點，就是膽識方面。今早娘娘和皇上激烈爭論，皇上差些兒撐不住，換過在太極殿那種大場面，依附韋宗集團者又人多勢眾，皇上將處於更惡劣的形勢。」

李隆基解釋道：「明天的大朝將在太極殿舉行，以示隆重。」

龍鷹訝道：「娘娘和老宗見皇上時，高大竟在場？」

高力士道：「又非甚麼機密，我和上官大家都在場。」

龍鷹道：「娘娘憑何理據和皇上爭辯？」

高力士不屑的道：「還不是洛陽不可一日無主那一套，又說周利用是不作第二人想的人選，可立即展開緝兇行動，又明示、暗示皇上不懂時勢，如此優柔寡斷，不當機立斷，徒添亂黨氣焰。」

龍鷹罵道：「這女人確非常霸道。」

高力士道：「當時小子察顏觀色，皇上頗有退讓之意，幸好此時老宗說了句話，就是請皇上為他作主。皇上頓然變了另一個人似的，決絕的道『朕意已決，此事容後再說』，並著我送他們離開。」

李隆基啞然笑道：「今趟老宗弄巧反拙。」

高力士歎道：「我就是怕今天的情況，在明天的太極殿重演，一個撐不住，立即兵敗如山倒。監國的事牽連廣泛，雖非直接與繼承權有關，但總有那個味兒，敵人很易找到我們的破綻弱點，一旦陷進國家法規的爭拗，肯定議而不決，最後胎死腹中。」

國家法規就是該立誰為皇位繼承人，順理成章的當然是李重福或李重茂，而非相王李旦。是個法何以立的問題。

龍鷹欣然道：「高大放心，小弟已傳皇上錦囊妙計，包保他明天絕不丟人現眼。」

高力士大喜道：「范爺厲害，究竟是何妙計？」

龍鷹順口問道：「明早大朝你們何人在場？」

李隆基答道：「我和高大均會在場，當然少不了朔爺，他負責皇上的安全。」

龍鷹笑道：「那小弟不會剝奪各位的當場驚喜，不可洩露。」

此時宇文朔從御書房的方向趕來，道：「皇上找高大。」

高力士向龍鷹苦笑道：「真的要賣這個關子？」

龍鷹聳肩道：「明天你會感謝我。」

高力士歎道：「范爺很殘忍。」

言罷怏怏而去。

宇文朔訝道：「甚麼關子？」

李隆基代為解釋，然後道：「這個關子太久了，仿若天長地久，對高大的感歎，我有同感。」

宇文朔擔心道：「我相信范爺想出來的妙計差不到哪裡去，問題在皇上能否使出來。」

龍鷹笑道：「那便要走著瞧哩！」

宇文朔道：「真的不肯說？」

龍鷹和李隆基同時放聲大笑。

宇文朔尷尬道：「我須回去打點。」

說畢返御書房去了。

李隆基道：「讓我送范爺一程。」

兩人並肩朝廣場的方向走。

龍鷹道：「九卜女的事有著落哩！」

李隆基道：「朔爺告訴我了。唉！沒他們又不行，有他們又是心腹之患。」

龍鷹道：「都瑾令臨淄王睡不安寢？」

李隆基道：「尚沒有那麼嚴重，卻是揮之不去的陰影，有點不論如何努力，最後仍是徒勞無功的感覺。」

龍鷹道：「若在以前，我像你般一籌莫展，可是，今趟殺練元之行裡，與席遙和法明的相處，在很多方面予我很大的啟發，使我對事物有全新的看法，其中一項就是媚術。」

李隆基精神一振，喜道：「范爺有何新看法？」

龍鷹道：「在他們來說，凡術皆可破，包括『媚術』在內。」

李隆基道：「這是我繼『雁行之計』後，所聽到最好的消息。」

龍鷹道：「玉女宗的媚術，依小弟的體驗，與柳宛真媚惑陶顯揚的功法似同實異，且為本質上的差異，故此我憑靈奇的直覺，從開始便認定柳宛真非是純粹玉女宗，而是身兼玉女宗和洞玄子兩派之長，令陶顯揚似被此女盜去了魂魄的樣子。」

李隆基愕然道：「豈非更難破解？」

龍鷹道：「媚術本身是沒得破的，因那是男女間的吸引力，直指本心，就像熱戀中的男女，壓根兒無可救藥，男歡女愛正是人世間感覺的極致，沒人可倖免，一旦沉溺，天打雷劈都分不開來。」

李隆基不解道：「不是凡術可破嗎？」

龍鷹道：「所謂的媚術，是我們為方便而冠之的一個稱謂，事實上為一種將女性的天賦發揮盡致的功法。可是，當媚術糅合迷魂、銷魂一類奇功異法，媚術便變成控制對象的異術，此術是可破的。」

又道：「像柳宛真控制陶顯揚，便明顯有鎖魂的現象，小陶變成了徒具軀殼，卻欠魂魄的走肉行屍，眼中除柳宛真再沒有其他人，一切惟她是從。」

李隆基駭然道：「若王父變成這樣子，豈非任由都瑾擺佈？」

兩人在出廣場的長廊止步，繼續說話。

龍鷹道：「在未來可見的一段長時間，相王絕不會變成另一個陶顯揚，因須他處理國事。鎖魂將於某一關鍵時刻施於令王父身上，那亦是於楊清仁來說，奪權時機成熟之時，絕對有跡可尋。」

李隆基道：「是否說，若我們能在適當的時機破掉其鎖魂之術，可將形勢逆轉過來？」

龍鷹道：「未來複雜多變，深藏沒人可看破的迷霧裡，我們現在只是大概地有個可行的方案，還須隨機應變。」

李隆基喜道：「這已非常足夠，起碼我們對媚術再非無計可施。」

又問道：「范爺想到破解之法了嗎？」

龍鷹道：「我隱隱感到被逼創造出來的『天竺神咒』，是可破除枷鎖的方法。還要向天師和僧王取經，深入掌握鎖魂之術。今趟是以精神功法對精神功法，我才不信旁門左道的鎖魂術，可凌駕於小弟的『道心種魔大法』之上。」

李隆基欣然道：「范爺一席話解開了我的心結，整個人輕鬆起來。」

龍鷹道：「還有一件事，該以何人代替宗晉卿，於我們最有利？」

李隆基沉吟片刻，道：「這個恐怕不到我和王父去決定，須看長公主的心意。

幸好不用我們擔心，長公主只要找楊清仁商量，所選者必然對我們最有利。」

龍鷹心裡打個突兀。

相王的當上監國，從另一層面看，等於太平的冒起，整個抗衡韋宗集團的行動，在太平可輕而易舉操控相王下，主導權勢落入她的手中。

相比下，剛嶄露頭角的李隆基，對相王的影響力仍非常有限。

龍鷹甚麼都不想的返回花落小築。

到大明宮是非常花時間的事，因其在禁苑裡，須經皇城和太極宮城的遙遠路途。

吩咐侍臣弄點東西給他果腹後，獨坐小築外的亭子，坐觀太陽往西山落下的美景。

離日沒尚有半個時辰。

今晚是最後一個完成對獨孤倩然承諾的機會，錯過了便逾三天之期。

事實上他需要她。

自向李顯提出「雁行之計」後，整件事便在不斷醞釀和發展，背著韋宗集團在暗裡進行，若如燎原之火。

韋宗集團肯定嗅到燒焦的氣味，然而先後的兩件事，令韋宗集團陣腳大亂，難以發揮平時的水準，沒法從表象看到內裡的玄虛。

首先，是練元和大批北幫精銳的消失，又被燒掉三十多艘戰船，令關外北幫由盛轉衰，田上淵不得不親赴關外救亡。

接著是宗晉卿遇刺身死。

這個打擊更直接、更大，且是衝著不可一世的宗楚客而來，令他失去一向的睿智。

在龍鷹的印象裡，宗楚客自從在房州押中李顯這奇貨後，一直順風順水，扶搖直上，到今天來到可覬覦帝座的位置，再多走兩步，天下將成其囊中之物。

他的運勢可說如日中天，正是在這樣的運道下，宗楚客格外接受不了宗晉卿遇刺身亡的殘酷現實。

忽然間，厄運臨身，亂了他方寸。

他和娘娘氣急敗壞的入宮見李顯，快刀斬亂麻，逼李顯任命周利用，並沒有經過深思熟慮，一旦被李顯斷然拒絕，立即無以為繼，失去對洛陽總管任命的主動。

宗楚客小算了李顯因燕欽融一事與韋后關係惡劣的情況，當然更沒想過「范輕舟」向李顯指出殺武三思者田上淵是也。

李顯本來亦沒那麼精明，看通宗晉卿在北幫和「范輕舟」的江湖鬥爭裡的關鍵性，弊在宗楚客「請皇上為楚客作主」一句話，勾起李顯對宗、田的舊恨深仇，大發天威，不賣韋后情面。

若對洛陽總管的任命，落在凌駕百官包括宗楚客和韋溫在內的監國之手，北幫在關外的敗亡，幾成定局。

龍鷹一方和台勒虛雲一方的聯盟，首次扳回一點上風，希望的曙光出現在未來的地平線上。

「長公主到！」

龍鷹早聽到不住接近的馬車和蹄踏聲，還以為是大才女，知是太平，給嚇了一跳。照道理，太平理應忙得透不過氣，須做的事多如天上繁星，其中一項是串連與她關係密切的大臣，為明天打一場漂亮的廷戰。

龍鷹畢恭畢敬的將太平迎入小廳。太平自行到小圓桌一邊坐下，道：「輕舟坐，勿拘於禮數。」

龍鷹謝過後坐到她對面去。

歲月在太平身上並沒留下明顯的痕跡，這方面的得天獨厚該是繼承自女帝。然花容依舊，太平早失去了以往令龍鷹驚豔的某種特質。眼前的太平正處於權勢的高峰，力能左右大唐朝未來的榮枯，挽狂瀾於既倒。

她變得深沉了，眼裡亦多了龍鷹不愛看的某種神色。

多次來京，他罕有與太平接觸，感覺是每次相遇，陌生的感受都在增加，龍鷹再不認識她。

除了名位、權力，恐怕世上再沒其他事可以打動她。

不過，太平對龍鷹的「范輕舟」，算頗客氣。

太平微笑道：「本宮剛到掖庭宮見相王回來，路上遇上河間王，曉得范當家返興慶宮，順道來訪。」

龍鷹連忙表示非常榮幸，受寵若驚。

太平續道：「聽河間王說，范當家今回表面返揚州募款之旅，實為『暗渡陳倉』之計，並成功誅殺北幫在關外的負責人練元，未知此事對北幫有多大的影響？」

龍鷹明白過來，太平愈來愈精明了，懂得謀定後動，先弄清楚北幫現時在關外的情況，方決定洛陽總管的人選。

龍鷹道：「練元乃田上淵的頭號大將，武技強橫不在話下，尤精擅水戰，對江河形勢瞭如指掌。黃河幫的差些兒滅幫，正是他一手造成，北幫之有今天的威勢，全賴他在背後主持大局。而今次不但練元被誅，隨他而去者尚有數百最精銳的北幫徒眾及大批戰船，近乎崩潰，再難抵受黃河幫蓄勢以待、捲土重來的衝擊。」

太平皺眉道：「可是田上淵尚在，他可遣關中的戰船和人員，補充關外的實力。」

龍鷹微笑道：「關外的損失，是不可能彌補的。」

太平道：「誰殺宗晉卿？」

龍鷹道：「該與黃河幫有關。」

太平道：「據說只得一個刺客，黃河幫竟有如此厲害的高手？」

龍鷹道：「這方面小民並不清楚。」

太平現出第一個笑容，道：「范當家很沉實。」

龍鷹苦笑道：「本來我一直為北幫有洛陽官府撐腰而煩惱，卻忽然解決了，大出小民意料之外。」

太平淡淡道：「是否解決了，實屬言之尚早，還要看明天大朝的結果。」

又道：「范當家和臨淄王熟悉嗎？」

龍鷹道：「以前是點頭之交，現在卻混得頗熟，剛才還在麟德殿與臨淄王談了好一陣子。」

太平隨口問道：「談甚麼？」

龍鷹道：「因小民剛見過皇上，臨淄王和高大均擔心皇上明天大朝時的狀態，希望從小民處得知多點皇上的事。」

太平道：「皇上狀況如何？」

龍鷹道：「是老虎也可打死一頭。」

太平「噗哧」一笑，為龍鷹的誇張橫他一眼，忽然間，往昔動人的時光像倒流回兩人之間。

太平歎道：「希望是這樣吧！」

又道：「王庭經何時回京？」

龍鷹道：「這個怕老天爺方清楚。」

太平雙目現出另有所思的神色，微一頷首，似表示同意。

好半晌後，太平道：「范當家肯為我大唐效力，本宮絕不會忘記。河曲之戰，范當家更是大功臣，本宮不會薄待范當家，將來范當家有任何要求，儘管向本宮提出，本宮必為范當家做出妥善安排。」

龍鷹頭皮一陣發麻。

事實上太平剛說出來的，逾越了她長公主的身份，且是在收買他。

相王的監國之位，於太平來說是撥開迷霧見青天。以前她縱有成為第二個女帝的野心，但頂多只能在腦袋裡想想，可是現在，通往帝座的道路已在她眼前展開，至少曉得朝哪個方向邁開步伐。

正因如此，她對李隆基這個潛在的對手，生出警惕。

第十四章　夜半無人

太平離去後，龍鷹回到亭子坐下，感觸不已。

權力和貪慾從來沒有止境，當年在洛陽，太平為唐室李氏的存亡奮戰，目標單純，龍鷹造夢沒想過她可變成今天的樣子，目光瞄準權位的極峰，大有順我者昌、逆我者亡之概。除此之外，沒有別的甚麼更崇高的理想在推動她，一切均為了獲取最大的權力。

她對兩位兄長還有以前真摯的親情嗎？大概沒有，他們已被視為登上皇座的踏腳石，水漲船高下，她的權力和影響力將不住膨脹，誰都沒法阻止。

依附她的楊清仁亦得到新的動力，成為西京掌實權的人。

當相王墜入都瑾的美人計，他勢成另一傀儡，在這樣的情況下，李隆基的小命危如累卵。

想想女帝有多狠辣，可想像太平的手段，她活脫脫是另一個女帝，比之韋后，更清楚女帝奪位的過程。

胖公公「宮內有權勢的女人沒一個是正常」的金石良言，始終不破。

太平是否猜到韋宗集團會下毒害死李顯？

此一可能性非常大。

燕欽融事件改變了李顯對韋后一向縱容姑息的態度，驀地李顯成為韋后奪權道路上最大的障礙，必欲除之而後快，深悉韋后的太平，對此怎可能沒有預感？相王坐上監國之位，進一步將皇族和韋宗集團的對立尖銳化，形成不是你死，就是我亡之勢。

當這個想法掠過龍鷹腦際，比對起以前太平對李顯的著緊和愛護，她真的變了，變得冷酷無情。

李顯如若遇害，將成為太平反撲韋宗集團的機會，為此她正積極準備。

對這種無盡無休的權位之爭，龍鷹深切厭倦。

太陽最後一線光明，消失在西京城外。

一陣勞累襲上心頭，不止是身體的勞累，還有是心累，真想甚麼都不理的，到小築樓上倒頭睡一大覺。

可是，人約黃昏後，再不到獨孤府去就遲了。

龍鷹第一次非是穿窗進入美女的香閨，皆因獨孤倩然在房子外屋簷下放置了張小圓桌，擺設兩個位子，一壺茶放在小鍋爐上以細火烹煮，還有用罩子蓋著的數碟小食和糕點。

龍鷹暗抹一把汗，心忖若今夜爽約，倩然美女的失望可想而知。穿窗而入變得不合時宜，龍鷹降落正門外，尚未敲門，房門「咿呀」一聲張開。

獨孤倩然一身湖水綠的連身裙，外加一件素黃色的棉背心，花容略施脂粉，將她空谷幽蘭般的獨特氣質凸顯出來，立即使本已自成一國的小園香閨，轉化為空山靈雨、與世隔絕的人間勝景。

龍鷹呆瞪著她，一時說不出話來。

獨孤倩然玉步輕移，來到他身前，伸出一雙纖手為他脫下外袍，櫻唇輕吐道：「坐！」說畢掉頭回房，為他安置外袍。

龍鷹呆頭鵝般到椅子坐下，忽然肚子「咕咕」叫了兩聲，才醒起未吃晚膳。

美女來到他身邊，提起小爐上的茶壺，注滿兩個杯子，接著在他旁坐下，舉起茶杯欣然道：「倩然以茶代酒，敬鷹爺一杯。」

龍鷹忙和她碰杯，火熱的茶緩緩入喉，於此天寒地凍之時，感覺很棒，何況茶是一等一的香茗，甘香可口，回味綿長。

美女又揭起蓋著糕點的三個罩子，現出碟上精緻又香氣四溢的糕點。笑吟吟的道：「是倩然親手為鷹爺做的，倩然未踏足膳房久矣，請鷹爺嚐嚐，看可否入口？」

龍鷹心忖即使不好吃，自己也會扮出吃著天下最佳美點的模樣。欣然取起一件糕點，送進口裡大嚼起來。

下一刻，他升上雲端。

龍鷹嚷道：「我的娘！怎可能這般好吃的？」

獨孤倩然對他的真情讚美非常受落，一邊為他斟茶，喜孜孜的道：「這是百味糕，以花生和糖為主，再加玫瑰、棗泥、豆沙、薑等十餘種輔料，使滋味多樣化，故名為百味糕。」

龍鷹難以置信的瞧著她，道：「做此糕肯定非常花工夫。」說時再取一件送進口裡。

獨孤倩然道：「盼到人家頸都長了，須找些事情來打發時間。噢！不要淨吃百味糕，還有其他呵！」

龍鷹正想拿起第三件百味糕，聞言只好改為拿取另一碟子上的糕點。

獨孤倩然拿起杯子餵他喝了兩口。

美人恩重，龍鷹的心融化了。

現時他享受的，正是大唐高門的文化傳承和生活方式，亦很難不把美女視為嬌妻，寒夜煮茶，共享靜夜。

自然而然地，他從西京激烈的權鬥解脫出來，一切都變得遙不可及，更不願提起。

糕點入口，香甜味純，鬆脆可口，芳香濃郁。

龍鷹將未吃的另一半送到眼下細審，道：「肯定有芝麻！」

獨孤倩然含笑不語。

龍鷹掃蕩桌上美食，同時有感而發的道：「幸好小弟今晚來了，否則就辜負了倩然姑娘一番美意。」

獨孤倩然微笑道：「人家倒沒擔心過，鷹爺言出必行啊！」

龍鷹心中一熱，點頭道：「對！今晚是千軍萬馬也攔不住我。倩然呵！你是否仍堅持長留獨孤家呢？」

獨孤倩然現出個無比動人的神情，那是發自深心的喜悅，迎上他的目光，輕柔的道：「倩然給鷹爺感動哩！是受寵若驚。可是呵！我們的交往只能局限在這座小園的天地裡。唉！鷹爺總使倩然情不自禁，這已是倩然可做到的極限，再不可逾越。」

龍鷹歎道：「可是終有一天，我會離開西京，或許永不回來。」

獨孤倩然平靜的道：「倩然和鷹爺是活在兩種不同的環境裡，倩然幼承庭訓，看重家風承傳，清楚自己的位置和身份。倩然留下來，是對家族的神聖責任，否則獨孤家勢轉向衰頽，而倩然則成為敗壞家風的罪人。」

龍鷹乏言以對，好一會兒後，頹然道：「倩然不怕寂寞嗎？」

獨孤倩然欣然道：「有著與鷹爺這段刻骨銘心的動人回憶，倩然豈會感到寂寞？」

龍鷹用神打量她幾眼，道：「倩然是非常特別的女子，比小弟更堅強。」

又忍不住的道：「真的嗎？」

獨孤倩然輕輕道：「人生如客旅，每個人打從出生開始，便踏上命運為他安排的旅途上，漫長艱苦，不論有多少人在某一段路伴著你，你仍是孤獨地上路，路途不住變化，可是只能朝前走，沒得回頭。」

龍鷹不解道：「倩然出身大富大貴之家，怎會興起人生漫長艱苦的念頭？」

獨孤倩然淡然自若道：「鷹爺忘掉人家曾告訴你，倩然一直在尋找某一事物，這是個內在的問題，與你處於甚麼環境沒有關係。像安樂呵！一天未做皇太女，鷹爺認為她可享受已擁有的嗎？做了皇太女又如何？她追求的是外在的事物，倩然追求的卻是內心某一處所。」

龍鷹道：「處所？」

獨孤倩然赧然道：「倩然自懂事後，一直為自身建構一個可遊、可居的處所，獨立隔離於人世之外，等於自己的秘密園林，從來不與人分享。正是這個處所，令倩然有避世的淨土、私自的天地，因而也不感寂寞。」

龍鷹記起那次在飛馬牧場和楊清仁交手，逃跑落地時看到獨孤倩然獨立木橋的情景，大有感觸的道：「倩然定有個比平常人豐盛百倍的內心天地。」

獨孤倩然因他的了解而欣悅，喜孜孜的道：「不再擔心人家了嗎？」

一個能自給自足的精神世界，龍鷹尚是首次得聞，幸好自己出生的環境類近眼前美女，必須自得其樂，當然不能純從內心的想像得到，而須借助偷讀藏書，又要為自己想出各種千奇百怪的玩意兒，例如左、右手對奕。也因少年時代的經驗，美女的剖白，能引起他的共鳴。

龍鷹苦笑道：「感覺好多了，起碼對倩然沒有始亂終棄的不良感覺。」

獨孤倩然俏臉飛紅，大嗔道：「鷹爺呵！」

龍鷹才知口不擇言，不過有何關係，與她還有甚麼禁忌。

拍拍肚子，站了起來。

獨孤倩然似意識到將發生甚麼事，垂下螓首，不敢瞧他。

「呵！」

龍鷹將美女整個從椅子攔腰抱起來，回房去。

獨孤倩然摟緊他脖子，將俏臉埋在他頸項間，嬌喘著道：「人家還要收拾檯子、椅子。」

龍鷹笑道：「倩然想得周詳，確不可以留下物證，這個由小弟處理。」

說時揭開睡帳，讓她橫陳榻子上，還俯身為她寬衣。

獨孤倩然羞不可抑推開他的手，嗔道：「快去！」

龍鷹大樂轉身，將所有證物一股腦兒收回房內，依記憶各置原位，至於空碟子，就當是美女一個人吃掉了所有糕點。

回到榻子旁，隔帳瞧進去，美人兒早擁被而眠，還閉上美目裝作入睡狀，榻旁只放著她的禦寒背心，顯然美女被子內的動人肉體，仍被連身裙包裹著。

霧裡看花似的，還要對被內乾坤加點想像力，龍鷹大感另有情趣。

美女雖明言不會嫁他，可是龍鷹早視她為妻，今晚正是他們的洞房花燭夜，一顆心不由燃燒起來。

忽感尚欠點甚麼，原來屋內的兩盞油燈仍綻放光芒。

撥熄油燈後，美女的香閨陷進暗黑，星光籠罩屋外的天地。以龍鷹的魔目，光朦遍灑，夜，變得更寧靜了。

龍鷹沒寬衣的揭帳而入，掀被鑽了進去，美女火熱辣的身體擠過來，投進他懷抱裡，撒嗲的道：「人家要聽故事。」

龍鷹一雙手在她香背貪婪地摸索，笑道：「倩然有兩個選擇，一是事前聽，一是事後。哈！」

獨孤倩然不依道：「鷹爺呵！」

龍鷹道：「那就由小弟為倩然選擇。」

獨孤倩然呻吟著道：「不行呵！」

情況混亂至極，一時連龍鷹亦弄不清楚她的「不行」，指的是他愈來愈犯禁的手，還是不可由龍鷹代她選擇。

龍鷹試探道：「哪方面不行？」

獨孤倩然在他懷裡扭動抖顫，嬌聲喘喘的道：「人家要先聽鷹爺說故事。」

龍鷹心忖長有長說，短有短說，何況可一邊說故事，一邊放肆，何樂而不為，欣然道：「沒問題！就先說大運河令練元授首的故事，保證精采絕倫。」

獨孤倩然呻吟道：「不行呵！」

龍鷹失聲道：「這樣仍不行？」

獨孤倩然道：「鷹爺這樣子，人家怎聽你的故事呵！」

龍鷹陪笑道：「對！對！」

遂暫且撤退，收回已滑進她衣服裡照顧周到的手。

獨孤倩然將嬌軀移開少許，仰起俏臉。

在溫柔的夜色裡，她一雙眸神，仿如深黑海洋最明亮的寶石，閃爍著動人的異芒。

龍鷹從未想過可以擁有這高門大族最尊貴的美女，竟自自然然的發生了，其中經過多少波折。然而命運無形的線，始終將他們連繫在一起，時遠時近，卻沒斷絕。

今夜的歡聚，糅集和預示著未來訣別，格外使人感受深刻。

一陣風從窗外颳進來，吹得睡帳現出起伏的波紋，送來夜深的寒意，也帶來一股清新芬芳的空氣。

望往窗外去，可見到小片繁星點點的夜空，靜謐的夜也像沉睡了。

縱然比起廣袤無邊的天地，他們像兩顆小沙粒般渺小，可是在獨孤美女的天地，他們是主人翁，一切都繞著他們運轉。

「說呵！」

龍鷹先吻她香唇，道：「當我坐船離開西京的一刻，實茫無頭緒，練元曾是北方凶名最盛的河盜，最擅潛蹤匿跡、神出鬼沒的戰術，且身具奇功異藝，其水底功夫，在中土數一數二。小弟曾和他在水下交過手，差點吃他大虧。故此擊破他或許較容易，殺他卻是難比登天。」

獨孤倩然嬌體投懷，雙手抱緊他的腰，滿足地歎息道：「很好聽！練元究竟躲在哪裡呢？」

龍鷹發覺一個天大的問題，便是獨孤倩然非是一般女流之輩，若要向她交代清楚誅除練元的過程，很多細節實難以省掉，壓根兒沒有長話短說這回事。

自己是過份樂觀。

頭痛時，美女催促道：「說下去呵！」

龍鷹心裡苦笑，今趟是作繭自縛，只能動口，不能動手，早知剛才不顧一切的全面進犯，那有多好。

接下去道：「不知道便問知道的人，合情合理吧！由於北幫一向和洛陽官府勾結，洛陽官府理該清楚北幫的部署，俾能互相配合。」

獨孤倩然道：「宗晉卿怎會告訴你們呢？」

龍鷹得意的道：「技術就在這裡！」

跟著一五一十說下去，當說至曉得練元在處，懷內美女發出均勻的吐息。

龍鷹往她瞧去，美女已沉沉睡去，且睡得香甜，不由心生憐意。

如她所言，過去兩晚她一直盼龍鷹來，睡眠的質素該好不到哪裡去，現在聽著自己在她耳邊呢喃細語，多少起著催眠的作用，終抗拒不了睡魔無可抵禦的力量，尋夢去了。

想到這裡，一陣勞累襲上心頭。

龍鷹萬般不情願的睜開眼睛。

獨孤倩然的倩影映入惺忪的睡眼，坐在他旁，搖晃他的臂膀。

獨孤倩然嬌呼道：「起來呵！快天亮哩！」

龍鷹給駭了一大跳，茫然坐起來，少有這麼酣睡的，看看美人兒仍一身連身裙，再摸摸衣著完整的自己，失聲道：「我的娘！我們昨晚竟甚麼都沒幹過！」

獨孤倩然立即玉頰霞燒，探手在他臂膀重扭一記，大嗔道：「又沒人不許你改天再來，快起床呵！」

龍鷹歎道：「下趟休想小弟在事前說故事。」

獨孤倩然大窘下，將他推出帳外去。

第十五章　冤家路窄

確走得好險，尚未過躍馬橋，天已放亮。龍鷹索性到街上走路，享受西京城清晨的寧靜。

西市傳來人聲、騾車和手推車的聲音，還有被趕入市集的羊群的咩叫，充滿生活作息的氣氛。

冬天終於降臨這座歷史悠久的古都城。

今天立冬日，是李顯皇朝的大日子，在太極殿舉行的大朝，將決定天下誰屬。究竟是落入外姓之手，還是仍由唐室李氏繼續傳承。

今日的朝會恐怕非一時三刻可以結束，只是太平陳情的奏章，肯定長篇大論列出時政的弊端，間接參奏韋后和宗楚客一本，然後再以氣吞牛斗的勢子，詳述不得不立監國的大道理，最後將是為何相王李旦乃監國的不二之選。

以姚崇的才具，此國書級的奏章必然鏗鏘有力，字字擲地有聲，可打動奸黨以外所有敢怒不敢言的文臣武將。

故此若現在回去，只有呆等消息的份兒。等待不算一回事，可是等待一個吉凶未卜的消息，頗為惱人，情願在外多逛上一會兒，方才回去。

真的沒去處嗎？

或許可試試无瑕是否已回家，照時間計，以无瑕的腳程，在家的機會並不低。

街上依然是人車稀疏，西京似仍未睡醒過來。

想到睡覺，他很回味剛才被美人兒搖醒過來的滋味，且不願起床，這是只會發生在家裡的事。

回到南詔洱海的家，不承認荒唐也不行，夜夜春色滿帳，一塌糊塗。符太和小敏兒該已抵達洱海。

萬仞雨等不知不覺在洱海安居多年，也不是說走便走，必須有善後的處理。

例如雪兒。

龍鷹寧願雪兒留在洱海平原繼續不受限制、無憂無慮的生活，牠是真的落葉歸根，擁有牠自己的家。

排。

美修娜芙最清楚雪兒的心性，又懂和牠溝通，該為龍鷹對雪兒做出最適當的安排。

快抵无瑕香閨時，西京城回復了平常大半的活力，街上人車漸多，人人穿上厚重的禦寒衣物，匆匆而過。若有選擇，大部分人會留在溫暖的家中。

家確是個無與倫比的處所，不論你在外面是何等角色，回到家後你就是正主兒，事事熟悉，徹底放鬆。

龍鷹依足規矩拜訪无瑕，叩響外院門的門環，等待反應。如无瑕不出來應門，他便漫步返興慶宮去。

他感應到无瑕了，腳不沾地的掠過前院，直抵門後。

「誰？」

龍鷹乾咳一聲，清清喉嚨道：「是你的心上人老范。」

无瑕升起門閂，開門，罵道：「死老范，誰當你是心上人？」

无瑕一身出門的男裝，帶著沐浴的香氣，玉容依舊，生動活潑，沒絲毫倦容，也不見受傷的痕跡，明麗照人，特別是那種從骨子裡鑽出來的媚豔，看一百次仍不可能厭倦，每次都能予龍鷹新鮮熱辣的驚喜。

龍鷹不客氣的朝她擠過去，无瑕讓往一旁。

「噢！」

龍鷹在她旁止步，笑嘻嘻的道：「小弟是否碰到不該碰的地方？」

无瑕俏臉微紅，狠瞪他一眼，罵道：「無賴！」

龍鷹轉身關門，笑道：「小弟從沒掩飾自己是無賴，大姐罵我無賴不知多麼稱心。」

无瑕扠起小蠻腰，嗔道：「我還未和你算睡人家榻子的帳。」

龍鷹攤手道：「算帳也要入屋內再算吧！小弟是專程來訪，如此豈是待客之道？」

无瑕與他對視半晌後，自己忍不住的掩嘴嬌笑，白他一眼，逕自朝屋門走去。

龍鷹一個箭步搶到她身旁，還用肩頭輕碰她香肩，問道：「見過小可汗了嗎？」

今回无瑕倒沒和他計較，或許一件糟，兩件也是糟，故作冷淡道：「不告訴你！」

龍鷹嘻皮笑臉道：「大姐愛小弟嗎？」

无瑕道：「見你的大頭鬼！」

龍鷹止步。

无瑕多走一步，方停下來轉身蹙起一雙秀眉瞧他。

龍鷹裝起個苦臉孔，歎道：「得知真相後，小弟萬念俱灰，今天我走了，就永不回來。」

无瑕差些兒笑彎了腰，探手抓著他襟口，運勁將他擲進屋裡去。

龍鷹騰雲駕霧似的，剎那後立在廳堂中間，歎道：「真爽！」

說畢逕自到一旁坐下。

无瑕蓮步姍姍走進來，她的舉手投足，總有完美無瑕的感覺，教人目眩神迷。

龍鷹搓揉肚子，道：「小弟須吃點東西，甚麼都好，可吃進肚子便成。」

无瑕白他一眼，道：「不是已萬念俱灰？」

龍鷹抗議道：「萬念俱灰肚子仍會餓的。」

无瑕道：「好吧！乖乖的給本姑娘坐在這裡。」

說畢從後廳門離開，穿過前後進間的天井，看情形是到灶房去了。

龍鷹伸個懶腰，鼻子仍滿盈无瑕的芳香。心忖沒了无瑕的西京會是怎麼一個樣子？對自己來說肯定少了很多情趣和生氣，像這般不用動腦筋的和她胡鬧一番，多麼迷人。

大朝好該開始了，李顯能否稍具女帝遺風，拿出帝皇本色，還是虎頭蛇尾，一切仍是未知之數。

大唐的命運就像給懸在半空中，這個等待很折磨人，令他不願回花落小築呆等，幸好无瑕回來了。

見微知著，從太平將洛陽主管之位控制在手，便知她的野心。這個職位異常重要，有事時更能與西京遙相呼應，故此太平只會讓她的心腹親信出任。通過相王的監國，她會有系統的將自己的人安插於重要的位置，在朝廷的勢力不住膨脹。

在江湖上，她則籠絡自己和黃河幫，建立起最有利她的形勢。

太平的背後，更有大江聯的可怕力量，而這個勢頭可說是他龍鷹一手造成，於太平取得動力下，已不到龍鷹去逆轉改變。

无瑕回來了，用托盤盛著一大碗熱氣騰升的滷肉湯麵，還有筷子，放置在廳中央的圓桌上。笑意盈盈的道：「請范爺用早膳！」

龍鷹受寵若驚，連忙移到桌子坐下，問道：「怎麼只得一碗？很香！」

无瑕來到他另一邊坐下，微聳香肩道：「不是每一個人都是餓鬼。」

龍鷹道：「小弟不客氣哩！」

說畢以風捲殘雲的吃法，吃得連湯汁沒剩下一滴。

龍鷹滿足的拍拍肚子，道：「大姐的廚藝天下無雙。」

无瑕「噗哧」笑道：「誇張！」

不過看她開心迷人的模樣，顯然受落。

无瑕含笑道：「不怕我在麵內下毒？」

龍鷹認真的道：「那就是謀殺親夫。」

无瑕笑得花枝亂顫，喘著氣道：「句句佔人便宜，小心閻王爺鉤你的舌頭。」

手肘枕到桌面，支起玉頷，用神打量他道：「天剛亮范爺便來了，不似你一向的作風，怕是找不著地方好去，才來人家這裡混時間。」

龍鷹往後挨到椅背處去，一邊飽餐秀色，邊道：「小弟每次來見大姐，不但是專程來訪或睡覺，且是忙裡偷閒。不過！大姐懷疑得對，今天確非常特別，不獨是小弟，還有小可汗、河間王，至乎所有與韋宗集團對抗的人，正等候著老天爺對我們未來命運的宣判。」

无瑕動容道：「有這般嚴重？」

龍鷹道：「大姐肯定未見過小可汗。」

无瑕道：「人家剛回來嘛！沐浴更衣，正準備去見小可汗，你便來哩！」

龍鷹道：「太極宮今天的大朝，太平公主受邀入朝，呈上請立相王為監國的重要奏章，事成事敗關係到整個權力架構的平衡。」

无瑕不解道：「何謂監國？」

從她這句話，龍鷹於剎那間全面掌握玉女宗在大江聯的效用和位置。

湘夫人、柔夫人和无瑕負責的，是除她們外任何人都辦不到的特殊任務。前兩者分別訓練媚女和協助香霸的青樓事業，像都瑾和柳宛真便該是湘夫人一手訓練出來的。故此湘夫人和柔夫人可功成身退，因須做的均做妥了。

无瑕則是台勒虛雲的頭號利器，專門對付敵方的領袖級人物。對政治，无瑕一概不理，這方面交由台勒虛雲負責。一天楊清仁未登上帝座，无瑕的任務一天未完結，故不能隨兩位姐妹引退。

龍鷹解釋道：「監國就是準皇帝。」

无瑕動容道：「怎可能呢？」

美人兒冰雪聰明，龍鷹一句話令她看透了事情的難度，因為此乃韋宗集團絕不容許發生的事，在尚有李重福、李重茂兩個可能繼承人的存在下，韋、宗一方有大條道理和大量國法、規矩，可將建議殺個人仰馬翻。

龍鷹道：「就看李顯能否大發天威，重演聖神皇帝駕馭群臣的功架。」

无瑕皺眉道：「你對李顯的信心從何而來？」

龍鷹指指上方。

无瑕失聲道：「老天爺？」

龍鷹聳肩道：「除等候老天的判決外，我們可以幹甚麼？幸好！小弟離開這裡的時候，老天爺的意旨將告清楚分明。」

又微笑道：「否則去了宗晉卿，卻換來周利用，大姐怕又要多走一趟，或一百趟。」

无瑕皺眉盯著他。

龍鷹摸摸臉皮，道：「是否認為你夫君長得很英俊呢？」

无瑕給他惹得「噗哧」嬌笑，沒好氣地白他一眼，道：「我是奇怪你這麼有信心。」

接著狠狠道：「以後勿再說甚麼專程來訪，根本是拿人家來打發苦候的時間。」

龍鷹道：「甚麼都好，不過，大姐沒法否認的是，只有大姐才能令小弟忘掉在等待著。」

无瑕道：「監國事成又如何，你不過逼對方提早下手。」

龍鷹欣然道：「殺不成又如何？」

无瑕問道：「竟有可能？」

龍鷹道：「當要殺的人是當今天子，必須有萬無一失的方法，事後不留下絲毫可供人懷疑的痕跡，下手者更關鍵，必須是表面與韋宗集團全無關係的人，而這個人就是九卜女，幹掉她，至少可將李顯的龍命延長一段不短的時間。」

无瑕道：「你和小可汗有否談過這方面的問題？」

龍鷹道：「不但談過，還到佛光寺做實地觀察，明年的十月十五就是九卜女的忌辰。」

无瑕用神看他。

龍鷹苦笑道：「給大姐瞧得小弟心中發毛，小弟又在哪處露出破綻？」

无瑕沒好氣道：「作賊心虛！」

龍鷹訝道：「為何又那樣看著我？」

无瑕笑道：「愛看你信心十足的樣子嘛！」

又抿嘴笑道：「范輕舟言出必行，且說得出辦得到，當日離京，沒一個人相信你可蕩平人強馬壯的關外北幫，現在關外北幫確給你打個七零八落。」

稍頓續道：「我和小可汗曾苦思殺九卜女之法，卻找不到萬全之策，你這麼走一趟便立即成竹在胸的模樣，雖不知你的信心從何而來，但人家再不敢低估你。」

接著又道：「韋宗集團的勢力正如日中天，可是上次你回來，立使形勢大改，令河間王得以坐上右羽林軍大統領之位。今趟回來，更使人驚異，是徹底打破西京的權力平衡，從一面倒變成能有著力之處。看多你兩眼不成嗎？」

龍鷹澄清道：「監國可非小弟想出來的，小弟對朝政一竅不通。」

无瑕沒好氣道：「每逢你忙著否認的事，總與你脫不掉關係，人家太熟悉你的伎倆哩！」

龍鷹心知愈說愈糟糕，待台勒虛雲向她解釋他「范輕舟」擬造的來龍去脈較為妥當。舒展雙手，歎道：「真好！時間忽然走得這麼快！是龍是蛇，已告揭曉。」

无瑕不悅道：「要走了嗎？」

龍鷹訝道：「大姐不也是趕著去見小可汗？」

无瑕嗔道：「人家沒急著。」

龍鷹一拍額頭，道：「小弟真的不懂溫柔，沒和大姐親熱過便開溜，負了大姐的期望。」

无瑕由小嗔變成大嗔，嬌叱道：「想歪了你的心，人家是要和你算帳。」

龍鷹大奇道：「除了親熱外，小弟欠了大姐甚麼？」

无瑕道：「本姑娘須和你約法三章。」

龍鷹大樂道：「任何約法必須有違約的後果，是否違約便沒得親熱，守約則可隨時親熱，守約滿三天後可和大姐共度良宵？」

无瑕終告拉長臉孔，狠罵道：「死無賴！」

龍鷹仰天長笑，得意萬狀。

无瑕生氣道：「笑夠了嗎？」

龍鷹勉強忍著笑，喘息道：「約甚麼娘的法，何不說出來大家好好參詳。」

无瑕道：「和你說甚麼都是白說，態度太惡劣了。」

龍鷹長身而起，道：「真爽！」

无瑕忍不住的掩嘴嬌笑，陪他起立。

龍鷹移到她香軀前，微笑道：「人道『小別勝新婚』，我們的情況恰好相反，比之以前的朝夕相對還有不如，連嘴都未親過。約法三章裡是否有不准佔大姐便宜一項？」

說時兩手探出，摟她入懷。

无瑕的呼吸急促起來，兩手纏上他脖子，歎息道：「冤家路窄，怎會遇上你這個死無賴的。」

主動向他獻上熱烈的香吻。

龍鷹離開无瑕香宅，一路返回興慶宮途上，心裡注滿難言的喜悅。沒一次，像此次般，與无瑕有正深陷情網的感覺。說話再不像以前般雕琢，步步為營，而是愛說甚麼便說甚麼。

龍鷹沒法用語言來表達因之而來在心中激起微妙和複雜的情緒。

最令他開懷釋然的，是與无瑕的關係絕不像與台勒虛雲或楊清仁的關係，並沒有解不開的死結，最後只能生死作決。

對楊清仁能否登上帝位，无瑕並沒感情上的牽累，她只是在履行白清兒付託予她的使命，便像湘夫人和柔夫人般。

思潮起伏間，他步入興慶宮的金明門。

第十六章　殺雞儆猴

午前的花落小築格外寧靜，拒絕了侍臣為他弄午膳後，他坐在小亭裡。

為何他會有无瑕對楊清仁未來的成敗，不涉及心內情緒的古怪印象，原因在乎她對楊清仁淡然處之，從來沒有主動提起他，對他的作為更是不聞不問。

蹄聲自遠而近，來勢極速。

龍鷹心呼幸運，返花落小築坐未暖欖，消息來了。

剩聽馬速，知為報喜，非是報憂。

蹄聲迅速接近，下一刻人和馬旋風般捲進花落小築，更沒猜到的，來報喜者竟是高力士，他一勒馬韁，駿馬人立而起，仰天嘶叫。

高力士興奮得臉都紅了，飛身下馬，拍拍馬兒著牠自行吃草去，他則朝龍鷹走來，嚷道：「稟上范爺，事成哩！上官大家現正起草聖諭，通告全國。」

龍鷹長笑以應，道：「坐下再說！」

高力士氣喘呼呼的在龍鷹對面坐下，一時仍未回復過來，胸口急速起伏。以他一貫的低調收斂，如此真情流露，前所未見。

他對唐室的忠心，無庸置疑。

龍鷹問道：「高大怎可能分身？」

高力士道：「皇上正與相王、長公主和臨淄王閉門會議，我可以做的事，均安排妥當，而朔爺必須留在麟德殿以策皇上安全，破爺更難分身，舜爺的右羽林軍則在暗中動員，以壓制奸黨的鋌而走險，小子反成唯一可抽身的人。」

龍鷹咋舌道：「我的娘！竟然這麼一觸即發似的。」

高力士道：「直至任命相王為監國的聖諭發出去，相王和長公主會伴著皇上，令娘娘沒法接近皇上。」

又搖頭晃腦的道：「想不到呵想不到，范爺的錦囊妙計凌厲至舉朝震驚，小子鬱悶擔心了整晚，在那一刻完全得到應有的回報。」

龍鷹苦笑道：「現在好像輪到你和我賣關子。」

高力士忙道：「小子怎敢。不過必須逐一道來，范爺才明白完整的情況。」

滿足地吁一口氣，接下去道：「大朝剛開始，群臣入殿，太極殿便瀰漫山雨欲來的緊張氣氛，因為在序列上長公主的奏章排在最後，令奸黨大感異乎尋常，還以為與太子的人選有關，因也是時候提出來討論了。」

龍鷹道：「這麼猜合情合理。」

高力士補充道：「通常最重要的奏章都排在最後，可突顯其與一般政事不同，當上奏者為長公主，更耐人玩味之極。」

龍鷹催道：「長話短說。你奶奶的！」

高力士恭敬道：「長公主終於登場依奏章宣讀。姚崇不愧寫奏章的高手，不到千字的奏章卻是言簡意賅，字字千金。奏章主要分三部分，第一部分是指桑罵槐，對娘娘和宗楚客的歪政來個嚴厲批評，指出為今之計，只有精架構、裁冗員、去貪腐、洗奢華，方能令國家財政收支平衡，否則如此下去，國危矣。並詳列國庫情況，不到任何人反駁。」

又得意的道：「群臣的反應才精采，除奸黨的人外，人人頷首同意，仿似在黑暗裡見到希望的曙光，因終有人敢出來針砭時弊。」

龍鷹道：「第二部分？」

高力士道：「第二部分說的是李重福、李重茂兩個皇子，他們因長期在外，對政事全無經驗，才德又不足以服眾，故難當輔政大任，令朝政重納正軌。」

龍鷹訝道：「這不是明著指責娘娘的不是，現時輔政的正是她。」

高力士道：「亦不盡然如此，名義上她只是『垂簾聽政』，聽政和輔政多少有點分別，朝會時她聽而不語，要影響皇上是在私下的情況裡，當皇上對她言聽計從，等若由她主政。娘娘威勢最盛之時，是當武三思為大相的時期。武三思去後，皇上對她與宗楚客的勾結日漸忌憚，再不是那麼好相與。到燕欽融在皇上眼前被硬拖出去由韋族人活生生毆斃，皇上三天沒和娘娘說話。」

龍鷹沒好氣道：「第三部分當然是舉薦相王為監國，憑其經驗為皇上全面輔政，精架構、裁冗員，將腐爛透頂的朝政撥亂反正，對嗎？」

高力士道：「范爺英明，正是如此，最精采的情況出現了。」

又道：「雖看不到娘娘在簾後的容色，肯定氣得七竅生煙，想著如何找長公主算帳。宗楚客則曉得情況不妙，猜到這並非長公主一個人單獨的行動，而是有策略、有預謀的行動。」

龍鷹不耐煩的道：「說下去！」

高力士恭敬的道：「范爺明鑒，不是這般的鋪陳，范爺難以體會當場的情況。」

龍鷹啞然笑道：「好小子！」

高力士道：「早在長公主上稟之際，宗楚客即和左右心腹交頭接耳，擬定對策。到長公主奏罷，皇上顯出非常高興的模樣，大大誇獎了長公主一番後，徵詢群臣的意見。」

龍鷹思索道：「奸黨第一個出手的人，必須為朝中重臣，地位不低，且表面與皇上關係良好，說話聽得入皇上龍耳，否則等於捋龍鬚。哈！此雞為誰呢？」

高力士愕然道：「雞？」

龍鷹道：「是殺雞儆猴的雞，此為我傳皇上的錦囊妙計。」

高力士拍腿叫絕，讚歎道：「范爺此計妙絕人寰，欠此一招，皇上會被攻得左支右絀，難以招架，最後勢將不了了之。」

龍鷹饒有興趣的道：「誰是雞？」

高力士道：「此雞乃娘娘的心腹重臣竇懷貞，以為皇上不看僧面也須看佛面。竇懷貞亦是韋宗集團裡最卑鄙無恥的人，任御史大夫，兼檢校雍州長史，掌管京師長安區的行政大權，位高權重。」

龍鷹道：「確夠份量，竇懷貞搬出甚麼大道理來？」

高力士顯然非常鄙視竇懷貞，不屑的道：「還不是祖宗之法不可廢的那一套，此人不學無術，可以有甚麼好點子？皇上反問他，現在選的只是監國，以輔朕之不足，關皇位繼承何事？」

龍鷹皺眉道：「皇上這麼說，是否有些強詞奪理？」

高力士解釋道：「可以這麼說，也不可以這麼說。像武三思的大相，在權力上等同監國，凌駕群臣之上，後來由宗楚客硬坐上去。說到底，監國始終是個權位，並非當然的皇位繼承人。只是依一向慣例，監國總是由皇位的繼承者擔當。」

龍鷹道：「明白了！」

高力士道：「當時大殿人人呼吸屏止，靜至落針可聞，極其異常，皇上還是首次這麼的大發天威，竇懷貞絕非不識相的人，最懂瞧眉頭眼額，卻是自恃與娘娘關係深厚，仍硬著頭皮說下去。」

龍鷹好奇問道：「他和娘娘有何特殊關係？」

高力士噁心的道：「這傢伙娶了娘娘的乳母為妻。」

龍鷹幾後悔問這個問題，用這樣的方法去討好韋后，建立關係，怕只他一個人辦得到，難怪高力士指他卑鄙無恥。

高力士道：「竇懷貞說不到幾句，給皇上斷然喝止。」

龍鷹拍桌道：「來了！」

高力士神情一變，模仿李顯當時的表情神態，雙目圓睜，戟指龍鷹，暴喝道：「好膽！竟敢來管朕的家事，人來，給朕將此人推出去斬了！」

龍鷹給嚇了一跳，失聲嚷道：「甚麼？竟真的要把雞殺了？」

整片頭皮發起痲來，他的「殺雞儆猴」是個比喻，怎想過李顯執行得這般的徹底。

李顯那句「竟敢來管朕的家事」，更是女帝愛掛在口邊的一句話，當她這樣說時，將有人當災。

李顯的不懂變通，偏能在如此情況下生出爆炸性的威力，鎮懾群奸。

高力士回復他自己，滿足的道：「皇上這招殺雞把所有人嚇傻了。」

接著道：「於是，朔爺率三個皇上的近衛搶下臺階，把竇懷貞推押在地，還將一團布塞進他口內，令他沒法求皇上饒命。」

龍鷹道：「娘娘不會不理吧！」

高力士道：「范爺猜得準，皇上在氣頭上時，只娘娘敢開腔幫忙，其他人包括宗楚客在內，亦噤若寒蟬。」

接著道：「娘娘說竇懷貞是在盡臣子之責，說的沒一句背離大唐宗廟之法，皇上好該有納諫的胸襟，竇懷貞怎都罪不至死。」

龍鷹道：「危險的時刻到了，如在這處被毒婦攻開一個缺口，皇上將兵敗如山倒，不容易應付呵！」

高力士笑嘻嘻道：「技術就在這裡！」

龍鷹道：「快說！」

高力士續下去，又扮作李顯的模樣，先冷哼一聲，然後徐徐道：「姑念在娘娘為你求情，朕免你一死，由此刻開始，朕革除你所有官職，同時立即貶謫嶺南，永遠不得返京，將此人給朕趕出去！」

龍鷹道：「厲害！連娘娘也不給面子。那女人怎肯放過皇上？」

高力士欣然道：「娘娘壓根兒沒機會說出第二輪。接著皇上大喝道：『朕意已決，為了我唐室的興盛，朕即冊封相王為監國。退朝！』」

龍鷹的頭皮二度發麻，道：「就是這樣子？」

高力士點頭道：「就是這樣子。」

又道：「如果可以立即動手，肯定娘娘立刻掐死皇上。」

龍鷹道：「宗楚客會勸她萬勿這樣做，如皇上這邊立相王為監國，那邊便害死皇上，那誰都想到兩者間有連繫。故此韋、宗不論如何咬牙切齒，怎都要忍他一段時間，反令皇上暫時不虞有性命之憂。」

高力士道：「可是不怕一萬，只怕萬一。我們該否暫停按摩娘入宮向皇上提供服務？」

龍鷹道：「萬萬不可，必須一切如常，一天田上淵尚未回京，九卜女收不到田上淵的指示，一天不會下手。九卜女不會聽其他人的命令。」

高力士道：「田上淵回來後又如何？」

龍鷹微笑道：「須看他回來得有多快，稍遲將永遠見不到她。」

高力士大喜道：「原來范爺已有殺九卜女之計。」

龍鷹道：「正是如此，我將與台勒虛雲合作，保證她活不過十月十五。」

高力士訝道：「竟連殺她的日子都定好了？」

龍鷹問道：「有否其他事？」

高力士現出欲言又止的神態。

龍鷹問道：「何事？」

高力士頗有感觸的道：「過去幾天，每次見到長公主，對她的神氣我總有似曾相識的感受。」

龍鷹明白過來，事實上自己大有同感。問道：「感覺是好的還是壞的？」

高力士道：「是打從心裡湧出來的恐懼，像小子以前一直並不認識她。」

龍鷹道：「你在她身上看到聖神皇帝的影子。事實上，聖神皇帝一直在她的血液裡流淌，卻因環境形勢不得不匿隱潛藏，現在則再不用掩飾。」

高力士解釋道：「小子之所以感到恐懼，因若依現時的形勢發展，長公主將藉相王迅速發展她的勢力。比較而言，在皇族裡，她在支持唐室的人裡聲望遠高於皇上和相王之上。此趟立冬日的大朝上奏，更把她的地位推上頂峰。」

又道：「不論皇上或相王對這個妹子都是死心塌地，言聽計從，過去只因受環境局限，令她無從發揮。」

龍鷹道：「這是我們所選擇的道路必然遇上的情況，這條路並不好走。」

高力士道：「還有是楊清仁這個人，表面謙恭有禮、禮賢下士，可謂面面俱圓。然而在我仔細觀察、暗裡留神下，此人實寡情薄義、自私自利。以我猜估，像范爺這般清楚他的身份者，終有一天他會設法除掉你。」

龍鷹訝道：「我一直有這個想法，可是總給他的友善模糊了，高大怎會有此結論？」

高力士道：「或許這就是宮內侍臣賴以求存的觸覺，對著我們，楊清仁不時在瑣事上現出真性情的蛛絲馬跡。」

龍鷹記起台勒虛雲說過，楊清仁若要清除清楚他出身來歷者，第一個殺的將是他。當時並沒放在心上，因不論台勒虛雲、无瑕、洞玄子或香霸，關係等於胖公公之於女帝，絕不會出賣楊清仁。

楊清仁若要殺，該是塞外魔門諸系者，因不想有外人可威脅到他。在這樣的條件下，自己和高奇湛可以入選。

湘夫人和柔夫人理該是深悉楊清仁性情者，對他均持惡評。

大江聯本身高手如雲，其實力自化整為零後一直隱藏起來，楊清仁本身有個名為「二十八宿」的殺手團隊，在現今的情況下，楊清仁能否通過他的權力、職位，將手下安插到右羽林軍去？

龍鷹問道：「楊清仁有何方法，可把外人引進轄下的羽林衛去？」

高力士道：「大將軍的職級能擁有一定的親衛人數，只要經兵部調查後，身家清白，便可入役。」

龍鷹心忖這般的容易。

順口問道：「現時臨淄王與他王父關係如何？」

高力士道：「確大有改善，因監國的事相王不時找臨淄王說話壯膽，令臨淄王可向相王展露他的識見才華。臨淄王今回是『養兵千日，用在一時』，將胸中抱負有條不紊的灌輸予相王，令相王明白精架構、裁冗員、去貪腐、洗奢華的急切性，而只有相王坐上監國之位，方能挽狂瀾於既倒。」

稍頓歎道：「相王是個絕不情願的監國，不過老天爺再不到他選擇。臨淄王還暗示一旦當年聖神皇帝之事重演，他們整個皇族勢被清洗殆盡，那時惟有他仍在監國之位，方有對抗奸黨的可能。對這方面，相王曾身歷其境，比任何人都有更深刻的體會。」

龍鷹道：「忽然間，相王成為三方勢力鬥爭的關鍵，幸好相王的安全有楊清仁全力打點，省去我們很多工夫。」

高力士憂心忡忡的道：「然而都瑾始終是我們摸不著、觸不到的禍患。」

龍鷹道：「記著兩件事，首先臨淄王乃真命天子，得老天爺庇佑，此事不容置疑。其次是凡術可破，都瑾可向相王施媚術，我們便有破法的可能性。」

高力士聽得精神大振，不住點頭。

龍鷹讚道：「高大能居安思危，於一時的成功裡看到未來的危機，非常難得。」

高力士謙卑的道：「全賴范爺提點！」

兩人對望一眼，齊齊放聲大笑。

第十七章　九日新政

龍鷹翻過院牆，大模大樣的進入无瑕香居，无瑕靜坐在靠窗的那組几椅，一雙美目一眨一眨的，盯著他這個不請自來的不速之客。

龍鷹坐到她身邊的椅子去。

他少有這般閒著無事的，若估計無誤，无瑕今晚將出動做其超級探子，深入老宗的大相府竊取最新情報。

問道：「老宗會否鋌而走險？」

无瑕輕輕道：「形勢壓根兒不到他有何行動，即使憑優勢在西京成功了，亦是叛上作亂，四方八面的勤王之兵將蜂擁而來，老宗能守多久？何況除其核心人馬外，麾下兵將大多沒有推翻唐室之心，怎到他輕舉妄動。」

又嗔道：「人家才不信范爺不懂箇中道理，偏是要來問人家。可以殺李顯於無痕無跡，誰蠢得去大動干戈？」

龍鷹微笑道：「小弟愛聽大姐的聲音。」

无瑕歎道：「死性難改。」

龍鷹問道：「現時形勢大改，小可汗有何鴻圖大計？」

无瑕輕柔的道：「幹不掉九卜女一切徒然。」

龍鷹道：「決定了呵！」

无瑕道：「現在離十五月圓還有九天，范爺萬勿缺席。」

又道：「范爺有多少把握？」

龍鷹道：「是十足的把握。不過，重創她之後，其他就看大姐和小可汗了。記著她是九卜女，有火器的一卜，為保命她將毫無保留的出手。」

无瑕道：「你是個非常離奇的人，小可汗和人家仔細盤算過，若你真能在出手暗算她前避過她的感應，傷她該沒問題，卻很難造成嚴重至影響她逃走的傷勢。凡刺客者無時無刻不處於高度戒備的狀態，反應比一般同級數的高手迅快，怎都能臨危硬封你驟然而來的一擊。范爺憑的是甚麼信心？」

龍鷹心忖憑的是新的「小三合」，无瑕的問題始終須面對，台勒虛雲沒詰問他，便改由无瑕閒話家常的提出來。

今趟他來見无瑕，正是要落實殺九卜女的行動，那已成為整個皇位爭奪戰的關鍵。

韋后隨便找個藉口，例如到城外參神住上幾天，便由九卜女下手，韋后可洗脫嫌疑。時間上的拿捏全由韋、宗決定。

現時的情況是每過一天，對韋宗集團愈是不利，逆轉之法，就是下手害死李顯。

龍鷹從容道：「可以說的，是小弟有獨門的絕招，即使九卜女及時封擋，殺傷之氣仍會入侵其五臟六腑，大幅削減她遁走的可能性。不過，此招異常陰損，小弟等閒不用，用後須一段時間方能恢復元氣。」

无瑕苦笑道：「你說得這麼信心十足的，只好相信你，希望你曉得失敗的可怕後果。」

龍鷹問道：「小可汗對事後的情況有何評估？」

无瑕抿嘴淺笑，道：「我們的范爺上趟返揚州籌款，田上淵痛失頭號大將；今回范爺回來，九卜女消失人間，田上淵肯定發瘋。」

龍鷹道：「他理該認為小弟沒殺九卜女的本事。」

无瑕道：「問題在不將帳算到你身上，可算到誰的身上去？」

龍鷹道：「老田最好來找我生死決戰，小弟手癢得很。」

无瑕道：「『北田南范』始終須見真章，不過絕不於李顯在位時發生，而是於其後，更不予范爺公平決鬥的機會。」

龍鷹道：「在這之前小可汗有何計劃？」

无瑕嗔道：「為何你不直接問他？」

龍鷹笑道：「問他正經八百的，問大姐卻別有打情罵俏的樂趣，大姐告訴小弟該怎麼揀？」

无瑕柔聲道：「你總能令人家心軟。好吧！對小可汗來說，九卜女之事不論成敗仍是整個廷爭的分水嶺，他著眼的是這九天，並稱之為『九日新政』，於此時期內必須大刀闊斧進行改革，借助李顯今早營造出來彰顯皇權的如虹氣勢。長公主奏章上的『精架構、裁冗員、去貪腐、洗奢華』，裁走自李重俊兵變失敗後，韋宗集團安插在右羽林軍和飛騎御衛的人，殺韋、宗一個措手不及，即使要兵變，亦有心無力。」

龍鷹心呼厲害。自己非是沒想到，卻遠不及台勒虛雲的具體可行。而儘管殺九卜女失敗，仍有籌碼抗衡對方的反撲。

道：「望老田十五月圓後才返京，那時米已成炊。」

无瑕道：「你的願望有很大的機會達成。」

龍鷹訝道：「大姐憑何猜估？」

无瑕道：「當年我們偷襲田上淵的座駕舟，田上淵對我印象深刻，兼之人家的體型非常易認，故今次田上淵可從在場的人事後描述猜到是我。也即是說他將意識到，黃河幫有我們的大江聯在背後撐他們的腰。」

龍鷹道：「這和他的歸期有何關連？」

无瑕道：「因田上淵忽陷於兩難之局，曉得對抗的是我們，損兵折將嚴重的關外北幫實力，肯定撐不住。可是，關中更需要北幫的主力，如若抽調足夠的力量到關外去，關中的兵力轉為薄弱，再難維持優勢的局面。這是否兩難之局？」

龍鷹道：「不理如何安排，老田向手下交代一番便成，何須在洛陽盤桓？」

无瑕道：「黃河幫的大軍隨時殺至，田上淵怎放心離開，他在等待西京來的任命，一俟周利用頂上宗晉卿之位，便可離開，豈知周利用的任命竟然觸礁。通訊需時，何況宗楚客未必立即知會田上淵，仍抱僥倖之心，希望可改派另一手下去任洛陽總管，到今天方曉得願望大可能落空，再通知田上淵，是三、四天後的事哩！」

龍鷹同意道：「有道理！」

无瑕道：「高奇湛告訴我，殺練元是個神蹟，近乎不可能，其水底功夫堪稱天下第一，且從不離水，范爺卻說殺便殺，而據高奇湛所知，范爺手上可調度的只得一艘江龍號而已。」

龍鷹灑然道：「憑的是這個。」用手指指腦袋，好整以暇的道：「我想殺練元，練元同樣想殺我，只要能令他認為小弟已中計，必傘師而來。哈！今回他學乖了，以精兵和特別的戰船對付小弟，策略上完全正確，只可惜在知彼知己上技遜一籌，結果連老命也賠進去。」

她現在問的，是台勒虛雲也想掌握的事，為的是弄清楚「范輕舟」似不見底的實力。

无瑕皺眉道：「何謂特別的戰船？」

龍鷹遂將練元以飛輪戰船埋伏在江龍號必經的水道上的策略道出，當全殲飛輪戰船的北幫精銳，練元之死已成定局。他所說的大致符合事實，剩是漏去席遙、法明，王庭經與他並肩作戰則無須隱瞞，另加江舟隆鷹旅和一批三百人的竹花幫好手。

任无瑕聰明絕頂，仍聽不出任何破綻，只好姑且信之。

從无瑕曾與高奇湛在洛陽碰頭，龍鷹曉得刺殺宗晉卿乃籌謀已久的一次行動，其中不知花了多少人力、物力，靜候時機，最後由台勒虛雲決定，无瑕執行。

現時已到了台勒虛雲和龍鷹一方與韋宗集團埋身肉搏、短兵相接的時期，鬥爭仇殺陸續而來，愈演愈烈。愈能削弱對方的實力，在未來的大決戰裡愈是有利。

宗晉卿之死影響深遠，代表著黃河幫和北幫的盛衰更替，一俟洛陽總管換上太平的人，北幫在關外餘下來的兩大戰帥郎征和善早明豈是奮發有為、精通兵法的高奇湛的對手，田上淵無奈下只好抽調虎堂堂主虛懷志和部分戰船好手到洛陽主持大局，分薄了關中的實力。

台勒虛雲一招命中了北幫的要害。

田上淵更是損失慘重，烏妖、參師禪、練元一一栽在龍鷹手上。

无瑕道：「練元是否栽在你手上？」

龍鷹答道：「練元入水前被王庭經和小弟輪番攻擊，身受重創，而出乎練元料外，是在水裡等待他的乃水底功夫不在他之下的竹花幫水戰第一高手向任天，也只有他，可在水裡令練元無處可逃。換了小弟和王庭經均不成。」

无瑕歎道：「精采！」

龍鷹道：「來了這麼久，我們尚未親熱過。」

无瑕沒好氣道：「又來了！」

龍鷹曉得她務要保持最佳狀態，以到大相府進行刺探任務，識相的道：「今天總算曾親過嘴，暫且放過大姐。」

无瑕盈盈俏立，喜孜孜的道：「知足常樂嘛！來！人家送你出門，不用你攀高爬低的，成副賊相。」

龍鷹離開无瑕香居，特意來到朱雀大道，看會否氣氛有異。

老宗現時肯定亂成一團，皆因一向能左右李顯的惡婦韋后一時失去了對李顯的影響力，等於其權力忽被架空，無從著力，從絕對的主動淪為被動。

走不到十多步，大隊人馬自遠而來。

回頭一瞥，竟是三十多個羽林軍護著一輛馬車馳來，出奇地楊清仁赫然現身其中，緊跟馬車之後。

他看到楊清仁時，楊清仁也瞧見他，可見楊清仁正全神留意遠近環境。

不片晌車馬來到龍鷹之旁，楊清仁使手下讓出馬兒供龍鷹策騎，與他並肩而馳。

龍鷹心裡早有個譜兒，故意問道：「為何這般大陣仗？」

楊清仁心情極佳，神采飛揚的道：「車內載的是監國的監國，長公主奏章的起草者姚崇先生。」

龍鷹心中歎絕。

太平愈來愈厲害，通過姚崇可直接影響李旦。

比起姚崇，李隆基在各方面均嫩上很多，姚崇曾長期於朝內為相，對朝政瞭如指掌。在這樣的情況下，李旦重視姚崇的意見還是李隆基的，不用猜亦可預知。

如此著是太平蓄意壓制李隆基，此女的心計令人震慄。

若是來自台勒虛雲，則代表他對李隆基生出戒心。

李隆基唯一可恃者，是與李旦的父子關係。此屬李旦家事，任龍鷹智計通天，仍只有袖手旁觀的份兒。

向楊清仁道：「想得周詳。」

楊清仁道：「一道入宮如何？相王很想見范兄。」

龍鷹岔開道：「聖諭發佈了嗎？」

楊清仁道：「正午公佈，一切已成定局。」

又道：「現時所有人均聚集掖庭宮，包括長公主。」

龍鷹接回先前問題，道：「風頭火勢下相王仍可抽空見小弟？」

楊清仁微笑道：「忙的是其他人，相王清閒得很。」

龍鷹問道：「皇上情況如何？」

楊清仁道：「發佈聖諭後，皇上返寢宮睡午覺，禁絕一切通報。聽說娘娘曾去找皇上，給侍臣擋駕，氣得她大怒而去。」

龍鷹道：「娘娘是不會放過皇上的，皇上不能永遠擋著她，下面的人亦沒這個膽子。」

楊清仁哂道：「見又如何？娘娘最大的失著，是指使族人硬在皇上面前將燕欽融拖出去活生生打死，此事對皇上衝擊極大，令皇上似忽然衰老多年，食慾不振，無心玩樂，直至范兄回京，皇上忽然變成另一個人似的，龍精虎猛。問皇上又不肯說，不過，誰都猜到與范兄有關，否則怎會在見過范兄後，皇上出現脫胎換骨般的變化。」

龍鷹知很難瞞過他，道：「其中當然有點竅妙，見著皇上時小弟給嚇了一跳，從未見過皇上這個模樣，幸好小弟尚有一個法寶。」

楊清仁興致盎然的問道：「是何法寶？」

龍鷹道：「當年在洛陽，武三思初次為小弟引見皇上，皇上龍體違和，藥石無靈，愈醫愈差。小弟遂以學來的『天竺神咒』，喚起皇上體內的生機生氣，令皇上不藥而癒。今趟皇上見到小弟，便問小弟可否重施故技，小弟只好勉為其難，向皇上再施展一趟，其時心裡並無半點把握，豈知竟能再建奇功，生出立竿見影的神效。

此為大唐的福份。嘿！也是河間王的福份。」

楊清仁完全受落，佩服道：「今次的成功全賴范兄，清仁非常感激。」

說話時，車馬隊開進朱雀大門去。

第十八章　效應初現

走了一半天街，前方一隊人馬從承天門的門道走出來。

龍鷹和楊清仁交換個眼色，均有狹路相逢之感，宗楚客赫然乃其中之一。雖仍相隔頗遠，龍鷹認出緊跟著宗楚客的正是九野望，此人等閒不會露面，既現身皇城之內可知情況的緊張，有著來踩地盤的味兒。

其他十三個親衛裝扮的高手，人人在馬背上標槍般挺直，氣勢逼人，各具異相，莫不是一等一的高手。

龍鷹等防宗楚客，宗楚客亦防忽然陰溝裡翻船，於下毒手害死李顯前被幹掉。

龍鷹乘機問道：「是否用哪些人做親兵，概由主子決定？在人數上有沒有規限？」

楊清仁吁出一口氣，道：「范兄看出端倪了，宗楚客的親兵團武功高強不在話下，其中大部分一看便知非中土人士，令人心生疑惑，如在武三思時期，壓根兒不可能發生。」

龍鷹道：「終於發生了！」

楊清仁道：「對親兵團不但有規範，還相當嚴格，因可隨主子出入宮禁，當然，在大明宮外門須繳出武器。論人數，從五人到六十人不等，先上報兵部，由兵部審查批准，記錄在《親兵錄》上。以宗楚客的身份、地位，親兵人數可達六十的上限，次一級為皇族有份量的人，例如相王或長公主，可選五十人做親衛。宗楚客隻手遮天，愛哪個做親衛便哪個，誰敢吭一口氣。」

又狠狠道：「如本王般，遞了上兵部，到今天仍未批下來，徒歎奈何！」

龍鷹心忖現時的兵部尚書仍是韋溫，除非裁撤他，否則情況一時不會改變過來。

楊清仁道：「這傢伙該是剛到珠鏡殿見娘娘。」

龍鷹點頭同意。

李顯對韋后的態度，直接決定宗楚客下手的時間。

雙方逐漸接近，避無可避。

宗楚客先發出指令，與親兵們全體勒馬停定。

楊清仁別無選擇，著車馬隊停下。

互相致敬。

宗楚客拍馬而來，此人城府陰沉，於迭遭巨變後，仍神色如常，掛著笑容，先與楊清仁招呼問好，說幾句門面話，然後目光落在龍鷹處，從容道：「若河間王沒意見，楚客想和范當家借一步說幾句話。」

楊清仁可以有何意見，不過龍鷹非他手下，往龍鷹瞧來，徵詢他的意願。

龍鷹道：「河間王請繼續行程，輕舟稍後趕上來。」

宗楚客和龍鷹甩鐙下馬，避往道旁。

待楊清仁的車馬隊去遠後，宗楚客單刀直入的問道：「馬車內是何人？神秘兮兮的。」

龍鷹不相信宗楚客猜不到馬車內接載的是誰，故意問自己，意在試探。

龍鷹壓低聲音道：「聽河間王說是個叫姚崇的人，河間王正送他到掖庭宮去。」

宗楚客可能沒想過他答得這麼爽脆，現出訝色，深深打量他幾眼。

宗楚客道：「輕舟和河間王熟嗎？為何與他一道走？」

他看似隨口一問，內裡卻大不簡單。

上次偷聽老宗和韋后說話，韋后憑女性的直覺認定是龍鷹的「范輕舟」在搞鬼，兩次甫回京，均令李顯大發君威，先捧楊清仁坐上右羽林軍大統領之位，今趟更遠為嚴重，幾逆轉朝廷的形勢。

龍鷹剛才答老宗車內接載的是姚崇，實非常莽撞，因如是一般關係，楊清仁沒理由讓他曉得這個機密。

換言之，老宗從此事清楚他和楊清仁的關係並不尋常。

龍鷹道：「此事說來好笑，河間王之所以坐上大統領之位，一直認為小弟有份為他出力，還屢次向小弟表示感激，卻之不恭，只好消受。適才在我入宮的當兒，遇上河間王，被邀與之同行，想不到在這裡巧遇大相。」

這番話連消帶打，間接答了為何楊清仁告訴車內載者何人的敏感問題。老宗愛繼續懷疑便懷疑好了，龍鷹的答詞本身沒有破綻。

宗楚客話題一轉，問道：「輕舟準備在京師逗留多久？」

龍鷹道：「安樂公主和小弟關係良好，延秀又是我朋友，如不參加他們的大婚，怎都說不過去。」

宗楚客似有鬆一口氣的感覺，點頭道：「理該如此。」

龍鷹心忖為何他聽自己這麼說後，輕鬆起來，旋即生出明悟。

首先他是怕自己到關外去，與黃河幫聯手掃蕩北幫在關外的勢力。其次是他決定了殺自己，問題只在毒殺李顯前或其後。他龍鷹有這麼大段時間留在京師，宗楚客可以從容部署。

兩人說話時，遠處的九野望一直對他用神注視，不放過他任何舉動。

龍鷹給他看得很不自在。

宗楚客道：「輕舟這兩天有空請到大相府來，我還有話和你說。」

龍鷹答應後，宗楚客放人。

宮城大致分為三部分。

中為太極宮，佔去八成的面積，左為掖庭宮，右為東宮。東宮為著名凶宮，住進去的太子沒一個有好結果的，最近的例子是李重俊，掖庭宮或東宮各自有獨立入口，與太極宮以高牆分隔開。

龍鷹在進入承天門前左轉，抵達掖庭宮的正大門時，發覺門禁森嚴，遂報上名字，好半晌後由乾舜來迎他入內。

進入掖庭宮的車馬廣場，二十多輛馬車和等待的馬伕、隨從映入眼簾，與上趟龍鷹到掖庭宮來是兩個情景，非常熱鬧。

依稀記起當年在洛陽，自己扮的醜神醫第一次去見重被迎回東宮的李顯，文武百官來朝，塞得水洩不通的情景。比對起群臣對唐室的支持和熱情，李顯卻愛理不理的，逕自和武三思等一眾寵臣、佞臣，加上醜神醫大談御女壯陽之事，回想起來，確令人啼笑皆非。

乾舜興奮的道：「臨淄王所說的『雁行效應』，初現奇效。」

龍鷹問道：「來的是甚麼人？」

乾舜道：「都是有份量的重臣，與相王和長公主關係良好，對唐室的忠心無庸置疑，對娘娘和宗楚客的倒行逆施一向看不過眼，只是敢怒卻不敢言。今早皇上大發天威，振起所有有心人的意志，看到了未來的希望。」

龍鷹和他下馬，並肩朝掖庭宮主殿的殿門舉步。

龍鷹問道：「裡面情況如何？」

乾舜道：「姚崇剛加入了相王、長公主與眾官員的私聚。」

龍鷹止步道：「那相王該沒時間見我。」

乾舜道：「須待聚會結束才成。」

龍鷹道：「改天再來見相王好了。」

乾舜道：「臨淄王吩咐下來，若范爺到，他會抽身來見你。」

龍鷹心忖離日落還有個多時辰，即使去會獨孤美人，仍不用那麼急，點頭同意。

乾舜領他從主殿旁的迴廊穿過一座環境優雅的園林，到一座別緻的木構建築的小廳坐下，宮娥送上熱茶。

乾舜待要離開去通知李隆基龍鷹來了，龍鷹扯著他道：「先說幾句！」

乾舜坐下來。

龍鷹問道：「臨淄王現時情況如何？」

乾舜反問道：「指的是哪方面？」

龍鷹道：「各方各面，愈詳盡愈好。」

時移世易，現在對李隆基來說，定位的問題至為關鍵，能否建立威望聲譽，爭取到支持者，直接影響到將來的皇位爭奪戰。

軍方對李隆基的支持，有郭元振、宇文破、宇文朔和乾舜，是足夠有餘，但在與朝中大臣的關係仍是一片空白。

複雜之處，是不可惹起太平、楊清仁等對他的警覺。

乾舜道：「風聲逐漸傳出，較接近相王者，已曉得監國之議源自臨淄王，得皇上首肯，由長公主推動，遂一洗長期以來外間對臨淄王的差劣印象。兼之皇上最近舉行皇族會議，均指定臨淄王參與，顯然對臨淄王非常看重，大大提升了臨淄王在朝內、朝外的地位。」

龍鷹心忖李顯是愛屋及烏，清楚自己與李隆基關係密切後，故意提拔，此為李顯式的用人方法，凡武三思推薦的，一律重用。比起來，宗楚客在這方面遠及不上武三思。

乾舜續道：「故此朝中大臣來拜會相王均要求臨淄王列席，望能弄清楚他是怎麼樣的一個人，是否有足夠的才具。」

龍鷹心裡暗歎，難怪太平要將姚崇攏到李旦身邊，為的是削弱李隆基對乃父的影響力。李旦其他四子資質平庸，一旦予李隆基表現的機會，脫穎而出乃必然的事。

乾舜道：「聽說相王已正式要求臨淄王遷入掖庭宮，好助他處理繁瑣的政事。」

又壓低聲音神秘兮兮的道：「臨淄王早前告訴我，午後時分相王已收到兩份分別來自盧懷慎和張嘉貞的意見奏章，兩人為朝中宰輔級的大臣，不容輕視。」

龍鷹喜道：「難怪你說『雁行效應』初現奇效。」

乾舜道：「相王看也不看的便遞給臨淄王，由他研究玩味，看可否容納在新政內。」

龍鷹心忖李隆基想不露鋒芒，難矣哉！不過現在多出個姚崇，形勢又會朝哪個方向發展？

姚崇已成舉足輕重的人物，其德望足以服眾，更可以左右相王的決定。有可能將他爭取到李隆基的陣營來嗎？又如何可以辦到？

《天地明環》卷二十二終

回憶點點滴滴——憶念黃易老師

初識黃易老師，是在上個世紀末，他的大作《覆雨翻雲》於台灣出版的時候，當時我亦任職於同一出版社。剛接觸時大家都還不熟悉，只覺得這位「來自香港的中年作家」有股特別的氣勢，彷彿自帶氣場似的，雖然客氣有禮，但表情嚴肅，教人生出某種看到大人物的感覺。

未幾，黃易老師的作品便以燎原之勢，席捲了台灣，但這時與他聯繫接觸得多了，反倒覺得平易親切起來，也認識了黃夫人，她的普通話要比老師好得多，也與我們投緣，每次碰面或通話，總會關心問候閒聊近況，就像一位住在遠方的大姊一樣，漸漸建立起情誼。

也因此在往後幾年工作異動裡，每次老師應邀到台灣出席活動或私人行程，定會撥空與我們聚會敘舊。而每當聚餐時，平時給人感覺態度嚴謹的老師，常會做些讓席間氣氛更活潑的事兒，例如用牙籤玩起移動解謎遊戲，或用不標準的普通話，說一些笑話趣事，夫人則會充當即時翻譯，夫妻倆配合無間，氣氛更是熱絡逗趣。他們伉儷倆總是形影不離，老師作風看似有些大男人，實則處處顯露出對夫人的仰賴與寵愛，羨煞旁人。

黃老師非常樸實，襯衫加休閒褲是他習慣穿著，身上看不到任何名牌，因為他覺得穿戴著名牌感覺像被標註一樣，渾身不舒服。初時幾次來台對於媒體給他的「尊稱」頗不以為然，我們幾個較親近的友人亦有不知如何稱呼他的困擾，記得有一次在飯店裡與他碰面，我順口稱了聲老師，他頗不高興地鬧著脾氣大呼：「我不是什麼大師，也不是什麼老師。」我楞了一下，問道：「那要怎稱呼？」他只說：「我就是黃易，就叫我黃易。」當時我直瞪著他不知該說什麼才好。但當然我們還是不敢直呼其名，後來大家依然習慣稱他老師，他無力去更正每個人，只好無奈接受，其平易的真性情可見一斑。

黃老師平常與我們話不多，也許是因普通話說得不順，怕詞不達意的關係，但興致來時可以與你談論到政治、經濟、社會等狀況，有時也會推薦他覺得值得閱讀的書給你，雖然他長期隱居靜地，卻仍廣泛地吸收各方面最新的資訊，見識之廣闊，見解之洞澈，在在令人佩服。但若從另一個角度來看黃老師，又會覺得他仍懷著少年心性，比如在未瞭解老師前，我也和一般讀者一樣，以為一位能夠按時出書、字數不少、絕不拖稿的作家，花在寫作上的時間會很長、很辛苦，其實老師平常很多時間都在打電玩，他說花在寫稿的時間僅佔一小部分而已，一點也不辛苦。有時稿子有問題須請教時，他會因忙著玩電玩而沒時間思考，常告訴我說他現在腦袋無法裝載這些事，要賴地請我先處理，讓人哭笑不得。還有一次用完餐後要順便散步回飯店，剛好下起雨來，我忙拿出雨傘給他遮雨，老師叼著一根菸，豪放之情忽起，誇張地比著手勢說：「我就是大俠龍鷹，你有看過武功高強的大俠怕淋雨的嗎？」當時讓我笑得差點跌倒地上。更不由感嘆，即使享有盛名多年，黃老師心底仍保有著那顆想破關、想當大俠的赤子之心。

黃易老師夫妻倆都非常喜愛台灣，老師尤其中意台灣小吃，牛肉麵、滷肉飯、擔仔麵、麻油雞麵線、大腸蚵仔麵線，甚至很苦的苦茶，都吃得讚不絕口，特別是對初次來台嚐到的牛肉麵味道念念不忘，幾次來台尋找那令他懷念的滋味而不得，教人失望。老師對潛水極為熱愛，每年均會安排兩三趟出國潛水，他認為每當潛入海中，就像脫離平常世界進入另一個完全不同的界域，十分迷人；上回到台灣綠島潛水度假後，對綠島風光與海中景色十分讚賞，原本已託我定好了今年初夏再次造訪的行程，誰知卻天人永隔，徒留遺憾……

我曾三次造訪黃易老師伉儷隱世獨立於大嶼山的家，四周幽靜，家中布置雅致簡潔，最令我難忘的，是他工作的書房。用來寫作的小書桌，顯然已經有不少年歲，就算折了桌腳，仍是鍾愛地用著，在那老桌面上，創造出一個個精彩的人物與翻動武俠世界的巨構。還有落著「不負此生」朱印，年輕時的畫作，牽繫著他對國畫的衷情，再思及他對妻子的疼惜，對恩師的眷戀，對友誼的真摯，都表明他熱愛這趟人生，他珍惜人世上的一切緣分。我何其有幸，能與老師在此生有這份難得的情誼。

猶記當時答應老師接《盛唐三部曲》的稿子時，心裡其實是很忐忑的，但透過校稿的往來，漸漸能理解老師的理念與情懷，每次都很期待老師改回來的稿子，讓我知道他的想法，似是透過這樣的交流，不須其他的言語就能彼此懂得。黃老師曾說過，《盛唐三部曲》是一部架構非常龐大、複雜的武俠小說，於當世尚未看過如此多人物的一部作品，連他自己都沒想過會這樣。我問他在寫作時，難道不會先想好大概架構跟情節嗎？他說他寫作從來不曾規劃過，只要坐在他那張小書桌前，提起筆來，自然而然就寫出來，所以別問他後面劇情如何，因為連他自己都不曉得。這份能耐與天分實令人驚歎！

在這部最後的作品中，我從各個人物裡看到老師的部分性格，俠義、多情、念舊、提攜後進的特性，完全映現在我接觸的黃老師身上，尤其對台勒虛雲這人物的性格很有感觸，他能睿智地看通、看透事物的本質，往往顯現老師的想法與胸襟，其中與龍鷹的一段對話，正能代表我，甚至老師的讀者們對老師破空而去後的心情：「心以外的世界，常處於日益加劇的解體裡，不住地被新的人事取而代之，忽然間，我們熟悉的東西，變得過時，或遭到無情地摧毀和破壞，一去不返。但是，惟有我們的心，可以將過去和現在連繫在一起，就像從未改變過……你認為她離開了，她便是離開了，但如果你認為她仍在你身旁，你將覺得她永遠和你在一起……」

黃易老師永遠都在我以及所有愛過老師作品的讀者們的生命中，佔了一個位置，永遠不會離開。

委任編輯 周澄秋

二〇一七年七月七日

出版後記

僧王天師入西京、吐蕃和親團牽動變局、帝后鬥爭白熱化、李隆基登上檯面。時間的巨輪推動，故事正在精彩處……

《天地明環》卷十九至卷二十三第一章，陸續完稿於二〇一六年十二月到二〇一七年三月底，可說是黃易的最後手筆。在這最後四卷中，我們特別於每集裡，分別收錄他的師長好友（高美慶教授、古琴大師蘇思棣、丁新豹博士等）回想與黃易交往的文章，呈現他在武俠大師身分外的另一面。卷二十二最後，則附錄了原本該是卷二十三首章的親筆手稿，作為紀念。這是黃易武俠小說征途的終點，《天地明環》的故事，至此戛然而止。

另外值得一提的是，這四集所採用的封面圖，是黃易親繪。

這幅約二十公分見方的小畫大約完成於一九八五年，彼時黃易仍在香港藝術館擔任助理館長，第一部武俠小說《破碎虛空》還沒開始動筆，畫風一如古琴大師蘇思棣在卷二十的紀念文中所說，喜用點，中鋒下筆，脫胎自明末清初的遺民派四僧，氣韻生動，生機勃發。

許多年來，這幅畫便一直掛在他每天創作的小方桌上方牆面。黃易一直很喜歡自己的這幅作品，尤其喜歡於畫作左下角的「不負此生」朱印。《天地明環》創作期間，有天他突然對其夫人主動提及，待日後《天地明環》最終卷，便將此畫作為封面用圖。

現在我們已經無從考究，當時他是如何的靈機一觸，想到要以此畫作為《天地明環》的終卷封面。但回顧他自一九八七年動筆《破碎虛空》以來，乘風雲歷史，開異俠玄幻，「覆雨邊荒尋秦，虛空雲夢雙龍」，再加「盛唐三部」、「荊楚爭雄」，三十年間，以一人之力，撐起一整個文類，屢屢開創新局，作為當代影響力最大的武俠大師，當真不負此生矣！

當然，最後四集的《天地明環》並沒有大結局，也不會再有下一卷，更不會找人代筆續寫。角色寫活了的故事永遠不會結束。黃易筆下的《天地明環》即將在最精采處留白，但讀者們腦海中的武俠天地，正如黃易最常掛在嘴邊的，才正充滿各種無限的可能性。

只可惜，之後，再不會有這樣的武俠小說了。

蓋亞文化 編輯部
二〇一七年六月八日

大唐三部曲（3）

天地明環　卷二十三

黃[illegible]

[illegible]

2

安。但是[illegible]，「[illegible]」[illegible]。
[illegible]，[illegible]。」
[illegible]：「[illegible]。」
[illegible]：「[illegible]
[illegible]。」
[illegible]：「[illegible]不可，[illegible]一個人。」
[illegible]：「[illegible]如何？」
[illegible]：「[illegible]，[illegible]一份
[illegible]，[illegible]。
[illegible]，[illegible]。」
[illegible]：「[illegible]？」
[illegible]：「[illegible]
[illegible]。」
[illegible]，[illegible]：「[illegible]
[illegible]，[illegible]。」
[illegible]：「[illegible]，[illegible]
[illegible]。」
[illegible]：「[illegible]
[illegible]。

[illegible]

[illegible]

[illegible]

[illegible]

[illegible]

[illegible]

[illegible]

[illegible]

[illegible]

[illegible]

[illegible]

[illegible]

[illegible]

5

NO.

想想說：「[illegible]？」

可士小姐說：「[illegible]。」

[illegible]

想想說：「[illegible]。」

可士小姐說：「沒人要吃它。」

想想說：「[illegible]。」

可士小姐說：「[illegible]。」

想想說：「[illegible]。」

可士小姐說：「[illegible]。」

想想說：「[illegible]。」

可士小姐說：「[illegible]。」

想想說：「[illegible]。」

×　　×　　×

[illegible]。

想想說：「[illegible]。」

20x20=400

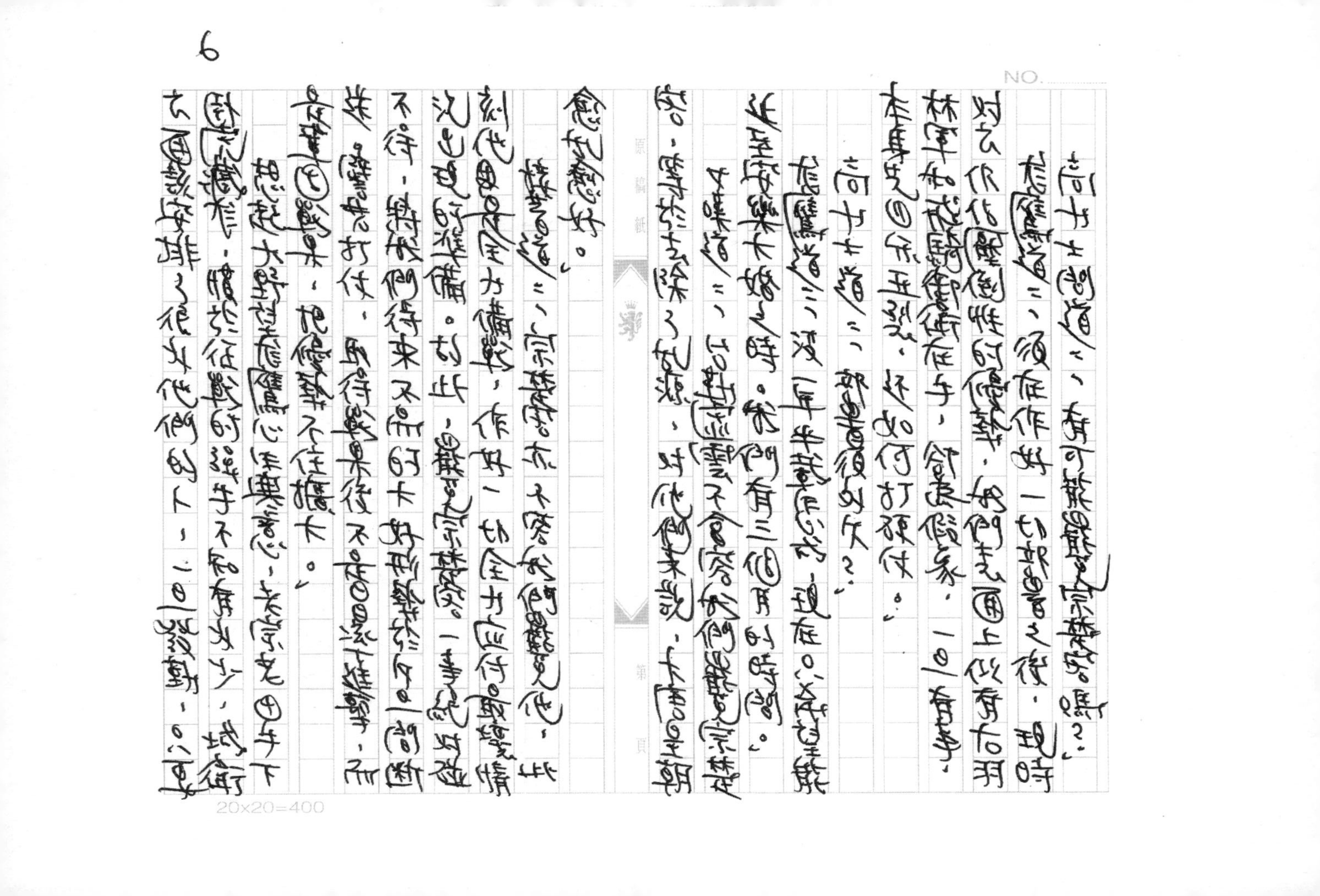

記者：「[illegible]行動嗎？」

[illegible]：「[illegible]，在作[illegible]一[illegible]之後，現時[illegible]

[illegible]

記者：「[illegible]多久？」

[illegible]：「[illegible]一年半載[illegible]。我們有三個[illegible]。」

[illegible]

[illegible]

[illegible]

[illegible]

× × ×

[illegible]

8

年輕作者最易犯的毛病[illegible]
[illegible]。

[illegible]
[illegible]
[illegible]
[illegible]
[illegible]
[illegible]
[illegible]
[illegible]

[illegible]
[illegible]
[illegible]
[illegible]
[illegible]
[illegible]

[illegible]
[illegible]

又說：「生活中的[illegible]。」

[illegible]

[illegible]

[illegible]

[illegible]

[illegible]

[illegible]

[illegible]

[illegible]

[illegible]

NO.

[illegible]

原稿紙 第 頁

20x20=400

「不得不接受作文。你知道嗎？」

[illegible]

[illegible]？」

[illegible]

[illegible]雖然不同，[illegible]

[illegible]

[illegible]

[illegible]

[illegible]

[illegible]

[illegible]

[illegible]

[illegible]

[illegible]

[illegible]

[illegible]
[illegible]。

[illegible]
[illegible]
[illegible]。

[illegible]
[illegible]。

「[illegible]」

[illegible]
[illegible]。

「[illegible]。」

[illegible]

NO.

原稿紙　　　　第　　頁

20×20=400

黃易叢書系列

尋秦記〈修訂版〉〈全八卷〉HK$72.00/每本
大唐雙龍傳〈修訂珍藏版〉〈全二十卷〉HK$60.00/每本
覆雨翻雲〈修訂珍藏版〉〈全十二卷〉HK$60.00/每本
破碎虛空〈修訂版〉〈全二卷〉HK$72.00/每本
荊楚爭雄記〈全二卷〉HK$42.00/每本
邊荒傳説〈全四十五卷〉HK$42.00/每本
大劍師傳奇〈全十二卷〉HK$42.00/每本
超級戰士〈全二卷〉HK$42.00/每本
幽靈船 HK$42.00/每本
龍神 HK$42.00/每本
域外天魔 HK$42.00/每本
迷失的永恆 HK$42.00/每本
靈琴殺手 HK$42.00/每本
時空浪族〈全二卷〉HK$42.00/每本
星際浪子〈全十卷〉HK$42.00/每本
雲夢城之謎〈全六卷〉HK$42.00/每本
封神記〈全十二卷〉HK$48.00/每本
文明之謎 HK$42.00/每本
盛唐三部曲之第一部曲 —— 日月當空〈全十八卷〉HK$72.00/每本
盛唐三部曲之第二部曲 —— 龍戰在野〈全十八卷〉HK$72.00/每本
盛唐三部曲之第三部曲 —— 天地明環〈全二十二卷〉HK$72.00/每本

黃易 尋秦記

◆修訂版

二十一世紀中國特種部隊的精銳戰士項少龍，成了實驗的白老鼠，被送回公元前的戰國時代，可是時空機器發生了毀滅性的大爆炸，所有參與的科研人員均灰飛煙滅。

項少龍則流落到二千多年前中國最動盪和變化急劇的時代裏。於是尋找秦始皇便成為了他唯一的目標，只有成為當時尚落泊趙都邯鄲的嬴政的拍檔，才有機會成為當時代的強者。

其中過程，自是妙趣橫生，曲折離奇。

這是絕不能錯過天馬行空般的科幻創作。

黃易 ◆ 日月當空 ◆

《盛唐三部曲》第一部——全十八卷

《大唐雙龍傳》卷終的小女孩明空，六十年後登臨大寶，以武周取代李唐成為中土女帝，掌握天下。武曌出自魔門，卻把魔門連根拔起，以完成將魔門兩派六道魔笈《天魔策》十卷重歸於一的夢想。此時《天魔策》十得其九，獨欠魔門秘不可測，從沒有人練成過的《道心種魔大法》，故事由此展開。

大法秘卷已毀，唯一深悉此書者被押返洛陽，造就了不情願的新一代邪帝龍鷹崛起武林，與女帝展開長達十多年波譎雲詭、恩怨難分、別開一面的鬥爭。

《日月當空》為黃易野心之作，誓要超越《大唐雙龍傳》，成為另一武俠經典，乃黃易蟄伏多年後，重出江湖的巔峰之作。

2 盛唐三部曲

龍戰在野

黃易

《盛唐三部曲》第二部——全十八卷

《龍戰在野》是《盛唐三部曲》的第二部曲，延續首部曲《日月當空》的故事情節。此時武曌的第三子李顯強勢回朝，登上太子之位，成為大周皇朝名正言順的繼承人，群臣依附，萬眾歸心，可是力圖顛覆大周朝由突厥汗王在背後支持的大江聯，亦成功滲透李顯集團。武曌雖仍大權在握，但因她無心政事，撥亂反正的重擔子落到龍鷹肩上。內則宮廷鬥爭愈演愈烈，奸人當道，外則突厥稱霸塞外的無敵狼軍鷹瞵狼視，龍鷹如何能挽狂瀾於既倒？其中過程路轉峰迴，處處精彩，不容錯過。

覆雨翻雲

黃易

修訂珍藏版

〈全十二卷〉

生於洞庭，死於洞庭。
黑道人才輩出，西有尊信門，北有乾羅山城，
中有洞庭湖怒蛟幫，三分天下。
怒蛟幫首席高手「覆雨劍」浪翻雲，傷亡妻之逝，壯志沉埋。
兼之新舊兩代派系爭權侵軋，引狼入室，大軍壓境，
浪翻雲單憑手中覆雨劍敗走乾羅，和於赤尊信，
躍登「黑榜」榜首，成為退隱二十年的無敵宗主「魔師」龐斑
一統天下的最大障礙。

天地明環〈二十二〉結束篇

盛唐三部曲之第三部曲

作　　者：黃易

編　　輯：陳元貞

特約編輯：周澄秋 (台灣)

發行出版：黃易出版社有限公司

通訊處　香港大嶼山

梅窩郵政信箱3號

電話 (852) 2984 2302

印　　刷：SYNERGY PRINTING LIMITED

出版日期：2017 年 8月 (初版)

定　　價：HK$72.00

PRINTED IN HONG KONG

ISBN 978-962-491-388-0